Kirill Kisch

Dicke Mädchen

Roman

Kirill Kisch lebt in Los Angeles (Chile) und Cuxhaven.

Vollständig geschnittene Fassung, April 2022

© 2022 Kirill Kisch

kirill.kisch@web.de

Umschlaggestaltung unter Verwendung eines Fotos von iStock by Getty Images

Herstellung und Verlag: BoD – Books on Demand, Norderstedt

ISBN: 9-783756-209095

You win some
lose some
All the same to me
The pleasure is to play

- Motörhead

Kathi lerne ich kennen, als wir einen kleinen Vogel retten, der sich in den Automatenraum einer Bank verirrt hat. Es ist Sonntagabend und wir erreichen niemanden bei den Tierheimen und der Tiernotrettung, deshalb fahren wir zur Polizei. In meinen Händen, die ich um den Vogel, einen Spatz, geschlossen habe, fühlt er sich wie ein zerknülltes Taschentuch an. Als ich sie einen Spalt weit öffne, um hineinzusehen, schaut mich ein winziges schwarzes Knopfauge daraus an. Kathi gluckst hinter ihrem Steuer, sowas Verrücktes habe sie noch nie vorher gemacht.

Diese zwölf Ziffern ihrer Telefonnummer sind für mich wie magische Zauberzahlen.

Der Anfang ist am besten. Diese Phase, in der alles noch neu ist, in der alles zum ersten Mal erlebt werden kann. Wenn jede Geschichte zum ersten Mal erzählt und jeder Name zum ersten Mal genannt wird. Die Vorstellung, dass alles, was geschehen kann, noch vor einem liegt, ist entfesselnd und flüchtig wie Äther. Danach kann man süchtig werden.

Ich fertige einen Zettel mit Stichworten an, um meinen Anruf noch hinauszuzögern. Dann tigere ich in meiner Wohnung auf und ab, während es piept. Dass Kathi erstaunt reagiert, als ich mich ihr wieder in's Gedächtnis rufe, verleiht mir Sicherheit.

Dunkle Hose, heller Pullover und ein Lockenkopf, schreibt sie mir, woran ich sie wiedererkenne am Treffpunkt.

Wir trinken und reden, zwischendurch wechseln wir das Lokal. Unter einer S-Bahn-Brücke dränge ich Kathi gegen eine Wand und küsse sie. Drei eindeutige Gelegenheiten habe ich bis hierhin verstreichen lassen.

Dieses Knistern, wenn man nebeneinander geht, die Ellbogen berühren sich nur leicht. Eine Hand gleitet zu ihrem Rücken, verursacht ein Lächeln in ihrem Gesicht. Vielleicht entstehen kleine Grübchen an ihren Mundwinkeln, vielleicht hebt sie die Brauen dabei. Diese kleinen Eigenheiten. Es ist, als hätte man eine Tür aufgestoßen, hinter der sie lauern.

Ich wundere mich, wie einfach das gehen kann. Als lege man Schalter um. Ein Mechanismus, den man nicht sieht und den man nicht erläutern könnte.

Es ist ein Spiel.

Kathi stellt Fragen augenzwinkernd. Sie reagiert auf Antworten lippenkräuselnd. Manches lässt sie bloß unkommentiert stehen.

Händchenhalten beim Wiedersehen. Dieses Gefühl, wenn fremde Menschen einen wahrnehmen, anstarren. Einander zeigen, wie man lebt. Vielleicht eine nüchterne Wohnungseinrichtung, vielleicht eine bunte, farbenfrohe. Aber wie leicht es am Anfang noch fällt, sowas nicht zu bewerten.

Man kann nie alles haben, oder?

Es gibt eine Karikatur, von der ich gerne erzähle: In der linken unteren Bildecke sieht man einen einzelnen Mann mit einer Frau am Arm entlanggehen. Während die Frau zufrieden wirkt, schaut der Mann unglücklich und besorgt. In der rechten oberen Bildecke steht ein anderer einzelner Mann und wird von einer Handvoll Frauen umringt. Während sie angeregt und interessiert auf ihn einreden, wirkt er bedrängt und überfordert. Die Blicke der beiden Männer treffen sich und sie teilen sich eine Denkblase: Der Glückspilz!

Kathi teilt sich eine Wohnung mit ihrer Vermieterin, die an diesem Wochenende in Berlin bei ihrem Freund ist. Das dunkelrote Parkett ist hart und kalt unter meinen nackten Füßen und das dünne Lammfell vermag sie nicht zu wärmen. Kathi hat feste Brüste mit kleinen Nippeln und ihre Scheide schmeckt metallisch. Ich lege mein Kinn auf ihren glattrasierten Schamhügel und schaue sie an. Ich glaube, ich habe zu viel getrunken heute Nacht, sage ich.

Vertrauen erwächst mit der Zeit, ein Gefühl von tiefer Verbundenheit, die Grundlage für alles, das später kommen mag. Aber einen ersten Kuss hat man kein zweites Mal. Die Versöhnung nach einem ersten Streit, die Erleichterung, nachdem man sich das erste Mal nach einer längeren Zeit wiedersieht. So lange sich alles leichtfüßig anfühlt. So lange es nicht den ersten Funken von Gewohnheit gibt.

Maureen, meine erste Freundin, müssen unsere Nachbarn wirklich gehasst haben. In der Nacht unserer Wohnungseinweihung stand irgendwann dieser Mann vor der Tür und verriet uns, die Wände und Böden in diesem alten Nazi-Bau seien sehr dünn und man höre jedes Geräusch aus den anderen Wohnungen. Ich vermute, wir hätten höflich sein und vorsorglich auch ihn und alle anderen Mieter zur Einweihung einladen sollen, anstatt nur unsere Freunde und Mitstudenten. Wir gewöhnten uns an, jede weitere Party durch einen Aushang im Treppenhaus anzukündigen, aber das hielt die Nachbarn nicht davon ab, sogar die Polizei zu rufen. Sie beschwerten sich über unsere Mülltüten, die wir manchmal erst ein, zwei Tage im Hausflur stehen ließen, ehe wir sie zu den Containern brachten. Ein Mal muss in einer Tüte ein Loch gewesen sein. Das ganze Treppenhaus hatte diesen sauren, stechenden Geruch. Vom Hauseingang konnte man einer zuerst nur sehr dünnen und mit jedem Stockwerk dicker werdenden Spur gelblicher Tröpfchen hinauf zu unserer Wohnungstür folgen.

Nachdem Maureen auszog, hörten die Feindseligkeiten plötzlich auf und die Nachbarn grüßten mich sogar auf der Straße.

In dem knappen Oberteil wirken die Brüste der Kellnerin noch gewaltiger. Ihre Hose muss ein, zwei Nummern zu klein sein, oberhalb des Bundes drängt ein bißchen Hüftspeck heraus, und es sieht aus, als hätte sie keinen Hintern. Sie wirft mir einen Blick über ihre breite Schulter zu, als sie mein Getränk holen geht.

Das Klischee der Bedienung, die gerne Männer kennenlernt, und eigentlich ist sie bloß nett zu uns.

Von älteren Brüdern wurde uns erklärt, wie es funktioniert: Man spricht ein Mädchen an, und wenn es kein Interesse hat, spricht man halt‘ das nächste an. Die Sorge vor einer Abfuhr muss sich damals eingestanzt haben in mein Gedächtnis, deshalb ist die Sensation heute noch immer jedes Mal sehr überwältigend, wenn ich "gut ankomme" und "landen" kann. Dabei sind Frauen ohnehin meistens höflich und rücksichtsvoll und erniedrigen einen nicht. Zumindest die Frauen nicht, die ich anspreche. Es ist die eigene Courage, die einen verunsichert.

Cindy hat in den nächsten beiden Wochen Spätschichten, aber ich könne sie nach Feierabend besuchen. Sie sei dann bloß fettig und verschwitzt, sagt sie. Ich schaue ihr dabei zu, wie sie ein Pastagericht mit viel Knoblauch isst. Mich stört weder Schweiß noch Knoblauch, und Cindys derbe, dominante Art ist eine Erleichterung. Es lässt sie nicht vorsichtig und zögerlich erscheinen.

Oh bitte, oh bitte, fleht sie, als ich sie lecke.

Bitte nicht, rufe ich in einem Anflug aus Besorgnis aus, als ich in ihrer Nachricht lese, sie hätte plötzlich Bedenken, was sie und mich betrifft.

Sie alle waren mal mit Männern zusammen, und als ich diese Frauen kennenlerne, sind sie es gerade nicht mehr. Sie sind "bereit", jemand neues kennenzulernen. Bei manchen sind die Hürden höher, ihr Misstrauen abzulegen, da wirkt es, als seien sie in Wirklichkeit noch gar nicht so weit, bei anderen scheinen die Erwartungen so oft enttäuscht worden zu sein, dass sie sich eine Gleichgültigkeit angeeignet haben, die sie noch vor der kleinsten Hoffnung rigoros abschirmt. Die Männer in ihren Schilderungen könnten Männer aus meinem Bekanntenkreis sein. Es fällt mir trotzdem schwer, sie mir genauer vorzustellen, sie sind bloß Schemen. Mich an ihre Stelle zu setzen und mich zum "Ex" zu erklären, über den wiederum einer von ihnen nachdenkt, wenn er gerade mit meiner ersten Freundin zusammen ist, fällt mir ähnlich schwer. Welche meiner Eigenschaften und welche meiner Taten prägen das Bild, das ein anderer von mir hat, der mir nie begegnet ist?

Ich stellte mir Maureen mit diesem Mitstudenten vor, mit dem sie sich mehrfach traf, um eine Präsentation auszuarbeiten. Ein Mal telefonierte sie in meiner Gegenwart mit ihm, sie tauschten Ideen aus, er schien nett zu sein. Ich stellte mir vor, wie er Maureen in der Vorlesung einen Platz neben sich frei hielt, wie sie in der Mittagspause zusammen essen gingen und sie sich nach Unterrichtsschluss am Hauptbahnhof zum Abschied umarmten. Sie sprach nicht viel über ihre Fortschritte und ich erkundigte mich nicht danach, nahm ihre Abwesenheit zunächst zur Kenntnis und begann sogar, die Tage zu genießen, an denen Maureen später von der Uni heimkehrte. Ich stellte mir vor, wie sie einander näher kamen, in einem Moment, den keiner von ihnen verursacht hat, aber beide herbeigesehnt haben, stellte mir vor, wie er sich an ihrer Kleidung zu schaffen machte und sie es auch wollte, ein lustvolles Beben in ihrem unruhigen Atem kurz vor dem Kontrollverlust. Ich spürte den Wunsch in mir, von ihr verlassen zu werden.

Bei Cindy ist es ein Mann aus Offenbach, der noch immer durch ihr Unterbewusstsein geistert, dabei kannten sie sich kaum mehr als zwei, drei Wochen und hatten sich auch nur ein Mal gesehen. Offenbar weckt unser noch sehr frischer Kontakt Erinnerungen an "den aus Offenbach". Sie schreibt, es mache ihr Angst, wie gut es ihr bereits jetzt mit mir gefalle.

Später am selben Abend hat sie es sich wieder anders überlegt und schreibt in einem ungewohnt mädchenhaften Ton, sie wolle doch nochmal Sex mit mir.

Bei Marie war es umgekehrt. Sie lebte jahrelang mit einem ausgesprochen schönen und attraktiven Mann zusammen, bis er heiraten und Kinder haben wollte, dann trennte sie sich von ihm. Ein gemeinsamer Hund war ihm nicht mehr genug.

Jetzt kümmert er sich alleine um das Tier.

Marie rümpft die Nase und rückt ein Stückchen vom Tisch weg, als ich das Thema Kinder anschneide. Oh nein, keine Angst, lache ich, überrumpelt von ihrer Reaktion, und rudere mit den Händen. Ich bin nur neugierig.

Was hältst du davon, wenn wir bezahlen, vor der Tür über einander her fallen und uns leidenschaftlich küssen?

Maries Sommersprossen haben die gleiche Farbe wie das Haar, das ihr nachdenkliches Gesicht umrahmt, und die kleinen Fältchen an ihren Augen sehen aus wie gemalt. Leider übersteht unser Überschwang nichtmal die kurze Bahnfahrt. Die Matratze, die sie damals bei ihrem panischen Auszug mitgenommen hat, deprimiert mich.

Ich stelle mir vor, wie irgendwo in dieser Stadt eine andere einzelne Matratze in einem Doppelbett liegt.

Schnell kann es auch wieder vorbei sein, wenn der euphorische erste Taumel sich legt. Dann reicht manchmal schon ein Spleen aus oder ein Humor, der sich nicht ignorieren lässt. Oder beide kochen mit unterschiedlichen Temperaturen; während einer darauf besteht, das Flämmchen in konzentrierter Kleinstarbeit zu einem stabilen Feuer anzufachen, will der andere jetzt und sofort eine Explosion erzeugen, bildlich gesprochen. Aber meistens ist da nichtmal ein Funke. Jemanden zu finden, bei dem der Funke obendrein überspringt, ist höllisch schwer. Oder es nimmt gar eine ganz heikle Wendung. Ein Anruf von einem wütenden Exfreund etwa, der sich als gehörnter Ehemann herausstellt. Schwere traumatische Erlebnisse. Oder ungesunde freundschaftliche Bindungen, in denen sich die Beteiligten suhlen wie Maden in einem Kadaver. Dann will man die ganze Bekanntschaft nur noch ungeschehen machen.

Ab wann fängt eine Frau an, einen Mann seltsam zu finden?

Cindy macht mir am Telefon Vorwürfe dafür, dass ich mich ein paar Tage lang nicht bei ihr gemeldet habe, und plötzlich grusele ich mich vor ihr. Dieses Brodeln, das ich unter ihrer Oberfläche immer erahnt hatte, ist also eine tiefsitzende Wut, und sie kocht höher, je erfolgloser ich darin bin, sie zu beruhigen, ohne dafür irgendeine Schuld einzugestehen. Nachdem wir auflegen, schalte ich mein Handy auf lautlos und lege es ganz weit nach hinten in die tiefste Schublade, als ließe sich damit verhindern, dass es Klauen entwickelt und mich im Schlaf erwürgt.

Maureen und ich müssen wie Geschwister gewirkt haben, wenn unsere Nachbarn uns aus ihren Wohnungen beobachteten. Händchen hielten wir nicht mehr, ich nahm sie nicht mehr in den Arm und sie küsste mich nicht mehr. Ich stelle mir vor, wie unsere Nachbarn vor Schadenfreude strahlten, wenn wir uns stritten, und wie sie sich wunderten, dass sie uns durch die dünnen Nazi-Wände nie beim Sex hörten. Als Paar fanden wir nicht statt. Ich erwischte mich dabei, wie ich mit Maureens Freundinnen flirtete, wenn sie uns besuchen kamen oder wenn Maureen welche von der Uni mitbrachte. Im Unterricht fing ich den gelangweilten Blick einer Teilnehmerin auf. Es hatte etwas Auffordernndes, wie sie leicht zur Seite geneigt da saß, einen tiefen Busen in ihrem wieten V-Ausschnitt. Als ich an diesem Tag heimkam, saß Maureen vor dem Fernseher, in ihren lotterigen Klamotten und unbeteiligt, als hätte sie die ganze Zeit auf mich gewartet. Mutter und Tochter schrien sich im Fernseher an und ich war so fassungslos, dass ich selber nicht verstand, was mich so fassungslos machte.

Hinter dem Schreibtisch des Urologen hängt ein Fotodruck in beängstigendem Maßstab an der Wand. Das Bild zeigt einen Leuchtturm, der von einer gigantischen Welle getroffen wird. Als der Arzt meinen faszinierten Blick einfängt, fasst er treffend zusammen: Ein sehr kraftvolles Bild!

Er bestätigt mir letzlich, was ich bereits vermutet habe: Mit großer Wahrscheinlichkeit hängen meine "Anlaufschwierigkeiten", wenn ich mit einer Frau bin, mit den Erwartungen in meinem Kopf zusammen und nicht mit einer körperlichen Disposition. Junge Männer wie ich setzen sich oft selbst unter Druck, aber meistens löse eine Blockade sich wieder von alleine. Für alle Fälle nimmt er mir Blut ab, um den Hormonhaushalt zu überprüfen.

Ich mag selbstbewusste Frauen. Frauen, mit denen ich reden und lachen kann, die wirklich etwas zu erzählen haben. Frauen mit augenzwinkerndem Humor, die sich selbst nicht so ernst nehmen und das Leben nicht so hart.

Danielle wischt sich lächelnd eine blonde Strähne aus dem Gesicht. Ich zähle ihr die ersten Sätze nach dem Sex auf, geordnet nach Sternzeichen. Sie ist Löwe: War ich nicht fantastisch?!

Ich erkläre ihr, wie ich lebe: Ich arbeite nur genau so viel, dass es für die Miete, für Strom, Wasser und Telefon und Essen reicht. Ich muss dazu alles ganz genau durchrechnen und habe keinen finanziellen Spielraum, mir etwas zu leisten. Aber dafür habe ich Lebenszeit. Ich kann ausschlafen, kann jeden Mittag kochen und früh Feierabend machen. Danielle findet das löblich und beneidet mich um meine "Genügsamkeit", wie sie es nennt.

Sie ist eine angenehme Gesprächspartnerin, sie lässt mich erläutern, lässt mich ausreden und sagt dann etwas Kluges und Einfühlsames, unaufgeregt.

Wir sind lange in der Bar, gehen hinterher lange im Viertel spazieren. Und nu', fragt Danielle, als ich irgendwann die Orientierung verliere. Wir küssen uns, aber das genügt mir für den ersten Abend.

Ich habe absichtlich keine Kondome dabei.

Hervorragende Werte, sagt der Urologe und ballt triumphierend die Faust. Er wiederholt seine Theorie von der Blockade in meinem Kopf und empfiehlt mir, ich möge versuchen, die Begegnung mit einer Frau als ein Spiel zu betrachten, das über mehrere Runden gehen kann und bei dem es nicht auf einen schnellen Sieg drauf ankommt. Sollte es sich dennoch nicht verbessern, könne man über eine chemische Lösung sprechen.

Ich schlage Danielle für unser zweites Wiedersehen vor, zusammen auf den Kiez zu gehen, weil ich glaube, dass man sowas macht. Sie besteht darauf, unsere Getränke zu zahlen und sagt, ich brauche mir keine Gedanken darüber zu machen. Als sie bemerkt, dass ich mich in dieser Umgebung nicht wohlfühle, sagt sie: Wir müssen nicht hier sein, wir können überall hin, wo du willst.

Ihre Brille mit den schmalen Gläsern passt wirklich gut zu ihrem knallroten Lippenstift.

In ihrer Behörde wechselt Danielle gerade die Abteilung. Sie war maßgeblich beteiligt an der internen Umstellung auf eine sehr wichtige neue Software, was sie an die Grenzen ihrer Belastbarkeit geführt hat. Das Projekt war zwar ein Erfolg, aber hinterher stellte Danielle fest, dass sie unglücklich ist, ausgebrannt.

Ihre Lippen sind kühl und sehr weich. Ich entschuldige mich dafür, mir nicht mehr Zeit gelassen und mich zu sehr hineingesteigert zu haben, aber Danielle sagt wieder, ich solle mir keine Gedanken machen. Dafür hast du mich schön feucht gemacht, sagt sie und zeigt auf den beachtlichen Fleck im Bettlaken. Wie ein Erwachsener, der einem Kind eine Dose mit Keksen offenbart. Das macht mich verlegen.

Sollte man sich schlecht fühlen, wenn man von Anfang an nur Sex mit einem Menschen möchte?

Ich gehe damit zwar nicht hausieren, aber wenn eine Frau mich danach fragt, antworte ich ihr aufrichtig. Nicht völlig aufrichtig, ich benutze nicht exakt diese Worte, aber ich versuche, weder falsche Hoffnungen zu wecken noch zu lügen. Ein bißchen berufe ich mich dabei auf die Selbstverantwortung von uns erwachsenen Menschen, die wir unsere Entscheidungen souverän und integer zu treffen in der Lage sein sollten.

Danielle fragt nicht danach, und das könnte auf ein stilles Einvernehmen hindeuten. Aber wirklich sicher bin ich mir damit auch nicht. Es gibt Anzeichen, je nachdem, wie man interpretiert.

Christina kannte ich von meinem Studentenjob, sie war eine der Festangestellten. Verheiratet, Mutter eines kleinen Sohnes. In dem Café im Stadtpark, in dem wir uns auf unserem Spaziergang auf einen Kaffee hinsetzten, nahm sie ihren Ehering vom Finger und ließ mich ihn genauer ansehen. Christinas Mann schlief auf der Couch im Wohnzimmer, seit Christina ihren Sohn nachts zu sich in's Ehebett geholt hatte und ihn fortan nicht mehr in dessen Kinderzimmer bringen wollte, so ließ sich ihr Eheproblem damals in einem Bild zusammenfassen. Wir fuhren mit ihrem Auto aus der Stadt heraus, stellten uns auf Feldwege zwischen meterhohem Getreide und rauchten bei offenen Fenstern Zigaretten. Ich war ein lebendiges Klischee, jung, frei, aufgeregt. Das war unmittelbar nach Maureen.

Ich mag es, Händchen zu halten. Ich habe keine hohen Hürden dazu. Weil es eine sehr intime Geste sein kann, finde ich vor allem den Symbolwert daran aufregend.

Danielle zeigt mir bei einem Spaziergang am Wasser ihre Wohngegend. Sie spricht von der Mittelamerika-Rundreise, die sie in ihrem nächsten Urlaub machen wird. Weil ich ungewohnt still bin, fragt sie mich, ob es mir gut geht, ob alles in Ordnung ist.

Eigentlich möchte ich am liebsten mit zu dir nach Hause und mit dir ficken.

Danielle ist amüsiert: Natürlich, sag' doch gleich was!

Ihre Wohnung ist sehr unaufgeräumt. Überall auf dem Fußboden liegt Kleidung verstreut, ich muss aufpassen, wo ich hintrete, und die Ablageflächen in Wohnzimmer und Küche sehen aus, als sei darauf schon länger nichts bewegt worden. Weil die Kleiderhaken im Flur restlos belegt sind, hänge ich meine Jacke im Arbeitszimmer über eine Stuhllehne. Dort ziehe ich mich auch nackt aus, bevor ich Danielle in ihrem Schlafzimmer wiederfinde. Sie ist so lieb, ihre Kleider für mich vorerst anzubehalten, während wir uns näherkommen.

Als ich sicher bin, dass Danielle schläft, stehe ich langsam aus dem Bett auf und ziehe mich leise im Arbeitszimmer wieder an. Gehst du, höre ich sie sagen. Ich drehe mich um und sehe Danielle im Türspalt stehen, in eine Decke gehüllt.

Die kühle Nachtluft ist erfrischend und befreiend in meiner Brust, während ich der stillen Wohnstraße hinauf zur grell erleuchteten Bahnstation folge.

Es ist nicht fair, sowas zu denken, aber ich frage mich, wie gut ich dann noch bei Frauen ankommen würde, wenn sie glücklicher mit sich und ihrem Leben wären.

Von Anfang an waren wir beide, Christina und ich, krampfhaft darum bemüht, die Kontrolle um uns und unsere Gefühle zu behalten und um keinen Preis aus unseren Rollen zu fallen. Keiner von uns hatte geplant, sich zu verlieben, wir mussten beide instinktiv spüren, dass es ein Ärgernis war. Wir trafen uns vormittags bei Christina zu Hause, wenn sie alleine war, und lagen eng umschlungen in ihrem Bett und lauerten auf Nachlässigkeiten in der Verteidigung des jeweils anderen, als tue es irgendwas zur Sache, wer von uns letztlich mehr liebt. Die letzten Treffen kündigten sich an.

Dörte ist für mich ein schwerfälliger Name. Ich assoziiere ihn mit Bauch, mit dicken Waden und Innenschenkeln, die an einander reiben beim Gehen. In meiner gesamten Schulzeit war ich in fünf verschiedenen Klassen, und in jeder gab es eine Dörte, auf die zwei oder mehr dieser oder ähnlicher Attribute zutrafen.

Die Dörte, die ich auf einem Spielplatz kennenlerne, stellt von dieser Regel keine Ausnahme dar. Sie schnaubt erleichtert, als sie sich neben dem kleinen Kind im Sand niedersetzt. Ich bin mit dem Sohn eines Freundes hier und bete darum, dass die beiden Kinder Kontakt miteinander aufnehmen.

Wie viele meiner Sandformen und Schäufelchen habe ich als Kind wohl auf irgendwelchen Spielplätzen vergessen?

Das Mädchen ist nur die Tochter von Dörtes Freundin. Wir lachen über die Feststellung, dass wir beide mit fremden Kindern da sind. Unter den unzähligen Müttern mit ihren eher praktischen Outfits sticht Dörte nicht sonderlich hervor, finde ich, aber vielleicht hebe auch ich mich nicht von den paar Vätern hier ab, die alle ein wenig fehl am Platz wirken.

Dörte zögert zuerst, mir ihre Nummer zu geben. Sie sei öfter mit ihrer Freundin hier und würde sich ein anderes

Mal gerne mit mir weiter unterhalten. Ich argumentiere, mir den kleinen Jungen nicht so oft ausleihen zu dürfen, um eine Entschuldigung zu haben, auf diesem Spielplatz zu sein, und damit kriege ich sie rum.

Aber sie entzieht sich.

Bei meinem ersten Anruf will sie sich gerade darauf vorbereiten, ihre Wohnung zu streichen, ihr Bruder komme sie dazu besuchen, um sie dabei zu unterstützen.

Bei meinem zweiten Versuch schreiben wir nur. Diesmal ist Dörte offener, aber es stellt sich heraus, das ich nur mit einer von Dörtes Freundinnen geschrieben habe, die sich Dörtes Handy in einem unaufmerksamen Augenblick geschnappt hat. Schreibt Dörte zumindest.

Es gibt diese Standards, nach denen man vorgehen soll, wenn man jemand Neues kennenlernt. Einer davon sieht vor, dass man die Person warten lässt, eine Nachricht, einen Anruf oder ein Treffen hinauszögert, sich "rar" macht, um zu "gelten" und interessant zu erscheinen. Das ist unreif, denn letztlich will man ja Neugier und Interesse signalisieren. Ein Mensch, der damit nur Bedürftigkeit und Verzweiflung assoziiert, ist somit keine ernsthafte Mühe wert. Lässt man sich dennoch auf solche Kinderspielchen ein, ist es zwar eine Kunst, das richtige Maß an Interesse auszustrahlen, um interessant zu sein. Aber im Grunde zählt es, authentisch zu sein, und das ist ein Gefühl, etwas, das man sich nicht gezielt aneignet, sondern das sich herausbildet mit den Erfahrungen, ein Produkt eines geformten Charakters, keine seelenlose Anwendung stumpfer Leitsätze.

Es verblüfft mich, als ich von Natali erfahre, dass männliche Säuglinge eine Erektion bekommen können, wenn sie gestillt werden.

Natali war achtzehn Jahre lang mit ihrem ersten Freund verheiratet, und ein Jahr, nachdem ihr Kind geboren wurde, ließen sie sich scheiden. Aber sie verstehen sich weiterhin prima. Natali und ihr geschiedener Mann arrangieren sich gut, was das Kind angeht, und Natali spricht auch nicht schlecht über dessen neue Partnerin oder in einem überheblichen Ton, als handele es sich bei der neuen Partnerin um einen tollpatschigen Hund.

Sie wollte nicht mit zu mir kommen und nun stehen wir an ihrem Auto und knutschen. Ciao, säuselt Natali und wir küssen uns weiter. Gute Nacht, flüstert sie und wir küssen uns weiter. Danke für den schönen Abend, haucht sie und wir küssen uns weiter. Als sie heimfährt, könnten wir fünf Minuten so gestanden haben oder fünfundvierzig.

Meine Beine sind steif vom Stehen.

Dass Dörte mich besucht, ergibt sich sehr spontan. Wir schauen uns Fußball an, aber wir unterhalten uns die meiste Zeit über andere Dinge. Da ist keine Aufregung und keine Eile, es ist, als sei von Vornherein klar, worauf der Abend hinausläuft, und deshalb beeilen wir uns nicht. Ich greife Aspekte aus Dörtes Schilderungen auf und stelle Fragen dazu, erweitere ihre Antworten um Details und Sichtweisen und leite auf meine eigenen Erfahrungen über. Anstatt einfach sofort Sex zu haben, reden wir darüber mit einem Fokus, wie Millionen anderer Menschen gerade über die Partie sprechen.

Kleidung regt dazu an, sich vorzustellen, was unter dem Stoff verborgen liegt. Das ist wahrlich keine neue Erkenntnis, aber es ist ein essenzielles Prinzip, das immer funktionieren wird. Der Anblick schöner Kleidung macht die Vorfreude, die Kleidung auszuziehen. Wie bei Geburtstagsgeschenken, von denen man das Papier langsam auseinanderfaltet, um vorsichtig hineinzuschauen. Der erste Blick gibt den Ausblick.

Als ich Dörte irgendwann anbiete, in's Schlafzimmer zu gehen, geschieht das fast beiläufig. Alles an ihr ist wuchtig, aber leichtfüßig, strapazierfähig, aber sanft und fein, gedrängt, aber entspannt. Sie hat mehrere Tätowierungen an ihrem Körper. Eines ziert ihren Handrücken, ein anderes prangt über ihrer Brust, eine Micky-Maus mit Blüten im Haar und einer Goldkette um den Hals. Als ich mich vorbeuge, um mir die Details genauer anzuschauen, spüre ich Dörtes Atem hinter meinem Ohr.

Nach dem Sex sagt sie Danke.

Für unser zweites Treffen überlegt sich Natali etwas Besonderes: Sie fährt mit mir zu einer Stelle am Flughafen, wo die Maschinen direkt über uns hinwegdonnern. Der Lärm der Triebwerke ist ohrenbetäubend und ich habe nach ein paar Landungen genug gesehen. Natali kommt gerne hierher, es ist einer ihrer Lieblingsorte.

In einem sehr leeren Café, denn es ist unter der Woche, fragt mich Natali, ob ich auch andere Frauen kennenlerne. Sie fragt es nicht prüfend, wie wenn sie die Antwort bereits kennt und sehen will, ob ich in Erklärungsnot gerate, sondern so, als benötige sie die Information, um eine Entscheidung zu treffen. Wie sie sich entscheidet, ist für mich schwer zu deuten, denn sie äußert sich nicht mehr zu dem Thema, nachdem ich ihr antworte.

Ruhe bewahren. Raum lassen. Nicht beleidigt sein, auf gar keinen Fall beleidigend werden. Lächeln. Thema wechseln, vielleicht etwas Witziges sagen, Situation auflockern. Auf Signale achten. Vielleicht zu einem späteren Zeitpunkt noch einen Versuch unternehmen, vielleicht besser erst bei einem nächsten Treffen, falls es eines gibt.

Warum ertragen viele Männer eine Abweisung nicht und fühlen sich verletzt und erniedrigt?

Ich bin verblüfft, als Natali mich doch nicht bei mir zu Hause ablädt, sondern mich mit zu sich nimmt. Sie hat einen ehrgeizigen Ausdruck in ihrem Gesicht, als wolle sie etwas überprüfen. In dem Mondlicht, das in ihr Schlafzimmer herein scheint, wirkt Natali mit ihrer blassen Haut und dem strohblonden Haar wie eine Marmorskulptur.

Wenn wir uns jetzt nicht mehr wiedersehen, hätte ich damit kein Problem, scherze ich hinterher, aber ich weiß nicht, ob Natali versteht, wie ich das meine, denn sie stimmt mir zu.

Ich bin dazu übergegangen, meistens mittwochs – manchmal bereits dienstags, selten erst an Donnerstagen – Verabredungen für das komplette Wochenende zu planen. Dazu fertige ich eine Wochenübersicht an. Das Ziel besteht darin, möglichst jeden Tag eine Frau zu treffen. Ich suche mir meine aktuelle Favoritin heraus und teile sie dem Samstag zu, meiner Erfahrung nach der beliebteste Tag. Dann nehme ich die aktuelle Nummer zwei und trage sie beim Freitag ein. Frauen, die mir noch zurückhaltend erscheinen oder die ich nicht einschätzen kann, trage ich beim Sonntag ein, dann kann man sich auch problemlos nachmittags treffen. Donnerstage und Montage halte ich zwar nicht für verkehrt, aber diese Tage behalte ich mir "in Reserve" vor, falls einer Frau einer der besseren Tage nicht passt. Oder ich biete sie den weniger interessanten Frauen an. Anschließend telefoniere ich eine Frau nach der anderen ab.

In dem Winter nach Christina zog ich mich sehr in meine Wohnung und in mich selbst zurück. Neben der Arbeit schaffte ich eine Struktur um mich herum, indem ich meinen Haushalt in dieser kargen Wohnung organisierte, in der kaum noch etwas war, und so einen geregelten Umgang mit meinen Gedanken fand. Sie waren von Erinnerungen geprägt, von Scham, Bedauern und Selbstmitleid. Dieses Gefühl, einem Schlag nicht mehr ausweichen zu können, weil mir die Kraft dazu fehlte, begleitete mich. In Gedanken spielte ich die Geschichte wieder und wieder durch, tauschte Aspekte aus und fügte neue Ebenen hinzu, und das Verlangen, mich anderen, teils wildfremden Menschen anzuvertrauen, köchelte bedrohlich in mir hoch.

In einer Pause des Criminal Dinners, das ich mit meinem Betrieb besuche, macht eine Frau einem Mann einen Heiratsantrag. Ich wollte meinen Verlobten, Jens Müller, fragen, ob er mich heiraten will, sagt die Frau strahlend in ein Mikrofon und der ganze Saal tobt, als Jens Müller auftaucht und Ja in das Mikrofon sagt. Nachdem der Applaus sich legt, komme ich mit Fiona vom Nebentisch in's Gespräch, die mit ihren Kolleginnen hier das Zehnjährige ihrer KiTa feiert. Wir sind uns einig, dass der Antrag völlig unpersönlich war und darum wenig gelungen ist. Während ich Fionas Meinung nicht teile, dass immer der Mann den Antrag machen muss, herrscht Übereinstimmung darüber, dass die Frau Jens Müller wenigstens direkt ansprechen und vorher ein paar einleitende Worte sagen konnte.

Fiona empfängt mich am Sonntag auf dem Parkplatz vor dem Bahnhof. Ihr schwarzes Haar steht ihr in aufwändigen Zacken vom Kopf ab, unterhalb trägt sie eine Strickjacke und eine Jogginghose. Ich bin verwirrt.

Wir können irgendwo einen Kaffee trinken, sage ich, oder in den Park und ein Eis essen.

Vorgestern war ich mit einer Frau aus dem Marketing ein Eis essen. Eine unterhaltsame Frau, mit viel Humor und tollen Geschichten. Mir war, als wüsste ich nach zehn Minuten, dass sie mir doch nicht gefällt.

Der Anfang ist am schönsten, aber wie rasch sich diese "Magie" auch wieder auflösen kann, wenn ein Element plötzlich fehlt oder durch ein anderes ersetzt wird. Wie in einem guten Gericht, wo alle Zutaten einzeln nichts bedeuten und nur im Zusammenspiel ihre Wirkung entfalten. Tauscht man eine Zutat aus oder verändert ihre Menge, schmeckt es plötzlich bitter oder zu süß, erhält eine wässrige Konsistenz oder geht nicht richtig auf.

Wir können auch einfach zu dir und uns dort unterhalten, versuche ich es, und Fiona geht zu meiner Überraschung sogar darauf ein.

Sie lebt am Stadtrand, mit ihrer Tochter im Grundschulalter. Über der Couch im Wohnzimmer prangt ein großes Wandtattoo, eine Lebensweisheit, in geschwungenen Lettern. Alles sieht neu und auf einander abgestimmt aus, als hätte Fiona ihre Wände mit den Seiten eines Möbelkatalogs tapeziert.

Ich lasse mir von Fiona erzählen. Über ihre Arbeit, ihr Kind, den Kindvater. Ich rücke ein Stück an sie heran, während ich aufmerksam nicke und "Ah" und "Mh" sage.

Gestern Nachmittag war ich spazieren mit einer jungen Studentin. Wie einen Schutzschild zwischen uns beiden hatte sie ihr Fahrrad die ganze Zeit neben sich her geschoben. Sie sprach monoton und lachte über keinen meiner Witze.

Auch Fiona scheint mir nicht wirklich zuzuhören, wenn ich spreche.

Ich streichle ihr über den Rücken und nehme ihre Hand und schaue mir die Ringe an ihren Fingern an, während sie unbekümmert weiterspricht. Sie lässt mich gewähren mit einer Neugier darauf, was wohl als nächstes kommen wird und ob es das ist, was sie bereits vermutet. Sie lässt sich küssen und bis auf ihr Höschen ausziehen, lässt mich an ihren Brüsten saugen.

Gestern Abend dann war ich mit der dritten Frau an diesem Wochenende in einem Café im Stil des London der Swinging Sixties. Meine Verabredung trug sogar einen dicken Lidstrich. Ich lief zur Höchstform auf, reihte Anekdote an Anekdote, erzielte in den unscheinbarsten Situationen mit den abwegigsten Themen Lacher, aber meine Verabredung schien mir meine Show nicht so recht zu glauben.

Auch Fionas Skepsis, wie authentisch ich hinter meiner Art denn nun wirklich bin, ist augenscheinlich. Trotzdem lässt sie mich nach halbherzigem Widerstand ihr Höschen ausziehen. Sie ist ungeschickt rasiert zwischen ihren dicken Schenkeln – neben deutlichen Stoppeln hat sie vereinzelt Haare übersehen.

Diese Überwältigung, mit Grenzen konfrontiert zu werden, die man sich bislang nie richtig bewusst gemacht hat, weil man schlichtweg dachte, sie seien noch fern.

Ich habe mein zweites Date an diesem Tag vergessen. Wir sind jetzt verabredet, seit einer Viertelstunde. Es fällt mir wieder ein, als ich mich in Fionas Badezimmer frisch mache.

Vor fünfundzwanzig Minuten habe ich eine Nachricht auf meinem Handy erhalten: Setze mich schonmal rein.

Ich fühle mich, als sei ich wieder in der Schule und hätte als einziges Kind meine Schwimmsachen nicht dabei. Als der Schock sich verflüchtigt, ist da nur noch Scham. Und eine Verärgerung über mich selbst.

Vor circa zehn Minuten dann: Verspätest du dich?

Mir bleibt nichts anderes übrig als meiner fünften Verabredung an diesem Wochenende zu schreiben: Es tut mir leid, mir ist etwas dazwischengekommen. Ich hatte leider keine Gelegenheit, dich rechtzeitig zu informieren. Geh' besser wieder nach Hause.

Wie bei so einem Mastermind-Logikspiel, bei dem die farbigen Kügelchen mit jeder Reihe die Position wechseln, habe ich für jedes Wochenende gleich mehrere verschiedene Kombinationen, in welcher Reihenfolge ich welche Frau treffen könnte – je nach Verfügbarkeit wandern sie zwischen den Tagen hin und her. Rebekka ist für Samstag vorgesehen, kann aber nur am Sonntag? Dann werde ich eben Natascha den Samstag anbieten. Lisa ist am Freitag beim Sport? Dann bleibt für sie nur der Montag und ich muss mir überlegen, ob ich Hannah den Freitag anbiete oder Sophie. Ich bin so penibel, weil ich vermeiden will, Treffen doch umplanen oder sogar absagen zu müssen. Meistens bin ich mit meinen Voraussagen aber überraschend treffsicher.

Ist das dein Ernst!?

Ich gehe mit Danielle in's Kino, und später beim Sex reißt das Kondom. Ich bemerke es unmittelbar danach. Die Öffnung hängt noch wie ein schmales Gummiband an mir, aber der Rest ist weg.

Wir schauen einander an in dem dunklen Schlafzimmer.

Danielle geht auf die Toilette, und als sie zurückkehrt, sagt sie, dass Teile von dem Kondom nach dem Pinkeln in der Kloschüssel geschwommen hätten. Sie nehme nicht die Pille. Wir fahren um zwei Uhr morgens in's Krankenhaus.

Danielle deutet meinen ausdruckslosen Gesichtsausdruck falsch und greift beruhigend meine Hand.

Wird schon alles.

In der Notaufnahme sagt man uns, wir mögen frühestens in vier Stunden wiederkommen, dann sei ein Gynäkologe da, der mit Danielle sprechen könne. Wir kehren in ihre unordentliche Wohnung zurück, in der noch das Licht brennt und das Bett zerwühlt ist. Ich schlage Danielle vor, noch den Rest der Nacht zu bleiben und sie dann wieder zum Krankenhaus zu begleiten, aber für sie sei es kein Problem, alleine zu fahren.

Sie drückt mich fest zum Abschied und küsst mich so liebevoll, dass ich mir winzig vorkomme.

Am nächsten Tag telefonieren wir. Danielle hört sich erschöpft an. Sie schildert, wie der Arzt die letzten Reste des Kondoms entfernt hat und wie sie in einer Apotheke war wegen der Pille danach. Sie hätte eine starke Blutung gehabt und fühle sich seitdem müde und habe Kopfschmerzen. Ich bin erleichtert, dass alles geklappt hat, aber es tut mir auch leid, dass Danielle das alles durchmachen muss.

Jenny lernte ich auf einem Fußballturnier kennen, an dem sie mit ihrem Team teilnahm. Keiner hinderte mich daran, die Sporthalle zu betreten und mich zu setzen, und wahrscheinlich hielt man mich für einen Familienangehörigen, als ich nach dem Finale die Spielfläche betrat und Jenny in der Menschenmenge ansprach. Ich war wie ferngesteuert. Meine Courage erstaunte mich, es war, als hätte ich mich selbst satt und fordere mich heraus, einen radikalen Schritt zu machen. Wir sahen uns wieder in Lübeck, wo Jenny lebte. Sie konnte mit Komplimenten nicht umgehen. Wie sie den Kopf darüber schüttelte, hatte etwas, das mich wütend machte und mich doch anspornte. Als sie mich in Harburg besuchte, lag sie stundenlang mit verschränkten Beinen vor mir, ehe sie sie öffnete. Ihre Schamlippen sahen aus wie zwei Nacktschnecken. Jenny hatte eine Tätowierung einer Rose mit drei Dornen auf der Innenseite ihres Oberschenkels. Sie stand in grellem Kontrast zu ihrer niedlichen, unsicheren Ausstrahlung.

Natali ist nicht erreichbar.

Auf fette Zeiten folgen magere.

Dörte lädt mich zu ihrer Wohnungseinweihung ein. Ihre Freunde und auch Familienmitglieder werden dort sein, und da wäre für mich eine Grenze überschritten, also lasse ich mir eine Ausrede einfallen. Ich will keine falschen Signale senden.

Zwei andere Frauen sagen mir kurzfristig wieder ab.

Als ich Natali erreiche, tut sie beschäftigt. Sie renoviere ihre Wohnung und erwarte dazu Bekannte, die ihr helfen. Sie wolle sich bei mir melden, sobald sie wieder "Luft" hat, aber ich ahne schon, dass sie mich bloß abwimmeln will.

Es ist egal.

Die wenigsten Menschen kommunizieren das offen und ehrlich, wenn sie es sich anders überlegt haben und einen doch nicht sehen wollen, auch ich bin da nicht immer so klar. Wahre Worte tun weh. Man versucht zuerst, es auszusitzen und hofft, dass die Signale, das Nichtantworten und die knappen Antworten ohne Gebrauch von Fragezeichen, richtig gedeutet werden und sich das "Problem" von alleine auflöst, ohne wirkliche Mühe. Dass "er" (oder in meinem Fall "sie") eins und eins zusammenzählt und selber auf den Trichter kommt, dass er nicht gut ankommt. Dabei kann es weit mehr Schaden anrichten, wenn man gerade nicht direkt ist, sondern dieses Versteckspiel aufführt. Vielleicht ist es auch Gemütlichkeit oder gar eine skurille Form des vorausschauenden Denkens; jetzt in diesem Augenblick interessiert er mich nicht, aber wer weiß, wie es in zwei, drei Wochen aussieht? Es haben auch schon Frauen versucht, ein Statement zu erzwingen, dann hatten ihre Nachrichten diesen wütenden, fordernden Ton. Obwohl man sie verstehen kann und ich diese Eskalation längst hätte vermeiden können, plädiere ich auf nicht schuldig und gestehe mir kein Fehlverhalten ein. Im Gegenteil, vielleicht drehe ich das Spießchen sogar um und stilisiere mich zum Opfer, unterstelle ihr, mich zu bedrängen, mir nicht die Zeit zu geben, mir in Ruhe über alles klar zu werden, werfe ihr vielleicht sogar vor, mit ihrer ungeduldigen Haltung alles kaputtgemacht zu haben. Es ist billig, die Verantwortung auf diese Wiese zu verlagern und sich so aus der Affäre zu stehlen, aber vielleicht gebe ich unterbewusst nur weiter, was ich selber schon erfahren musste.

Danielle schreibt mir aus Mexiko, sie sendet auch Fotos, vom Flughafen, aus dem Hotel und welche von sich mit einer Pyramide im Hintergrund. Es kann drei Wochen dauern, bis nach der Einnahme einer Pille danach wieder die Periode einsetzt, manchmal kürzer, manchmal aber auch länger. Danielle ist insgesamt vier Wochen unterwegs.

Am nächsten Wochenende habe ich keine Verabredungen. Ich bleibe zu Hause und betrinke mich. Ich rechne aus, wieviele Liter Bier einer halben Flasche Rum entsprechen, das ist das Höchstmaß, das ich an einem Abend vertrage.

Nichts zu tun, fühlt sich ausnahmsweise mal wieder gut an.

Es ist zwar keine tiefsinnige Erkenntnis, aber dass beide Seiten die gleiche Richtung einschlagen, ist die Grundlage. Es ist ein Spiel, bei dem die Einsätze zwar sichtbar sind, aber die jeweilige Taktik im Verborgenen bleibt und nur stückweise aus dem Spielverlauf zu erahnen ist. Gewinnen wollen beide, aber das ist erstmal zweitrangig.

Fiona kommt mich vormittags an einem Wochentag vor ihrer Arbeit besuchen, weil sie sonst keine Zeit hat. Sie redet wieder sehr viel und schaut mich dann bloß an wie ein Gemälde an der Wand, das dort schon seit Jahren hängt, wenn ich zwischendurch auch ein Mal zu Wort komme. Nachdem sie jeden meiner Annäherungsversuche ignoriert, schaltet sie in einem Augenblick, als ich es am wenigsten erwarte, mit einem Mal in den vierten Gang und fällt über mich her. Es ist, als brate man ein Stück Fleisch kross an, das innen noch gefroren ist. Keine Stimmung kommt so auf.

Vielleicht mal ohne Kondom versuchen, um zu sehen, wie es sich anfühlt, schlägt Fiona in einem verführerischen Ton vor, eine Braue lasziv hebend.

Die Frau, die ich neulich so ungeschickt versetzt hatte, meldet sich. Ich hatte ihr nochmal geschrieben und ihr angeboten, meinen Fehler wiedergutzumachen. Eine Woche lang hatte sie mich ignoriert. In einem strengen Ton schreibt sie nun, ich solle mir etwas Gutes einfallen lassen. Also denke ich nach.

Luxus ist schlecht und nur auf den ersten Blick gut. Luxus sättigt und macht lahm. Wenn etwas im Überfluss vorhanden ist, sinkt sein Wert und keine Anstrengung scheint noch gerechtfertigt, sich über das normale Maß hinaus zu bemühen.

Es sollte nie zu gut laufen.

In einem Schuhgeschäft nehme ich eine Frau mit Leggings und sehr schönen Fußknöcheln wahr. Immer, wenn ich von einem Probelauf zu dem Regal mit den feinen Schuhen zurückkehre, um das nächste Modell anzuprobieren, sehe ich diese Frau am Ende des Ganges auf einem anderen Paar Pumps laufen. Als unsere Blicke sich endlich treffen, gebe ich ihr einen erhobenen Daumen.

Weil ich mir sonst das schicke Paar Lederschuhe nicht leisten könnte, darf ich mir die Rabattkarte der Frau ausleihen. Ich spare dadurch sogar genug, um Louise zum Dank auf einen Kaffee einzuladen. Sie stammt von hier, lebt aber mit ihrem Mann in Dänemark und ist nur wegen der Hochzeit einer Freundin zurück.

Sie hat ein Schmunzelkatzengesicht, wie eine Zitrone – schmale Augen, rundliche Wangen und einen kleinen wissenden Mund, den sie konzentriert zusammenpresst beim Zuhören.

Wir verabschieden uns von einander am Eingang zur U-Bahn-Station, ohne dass ich etwas versuche.

Es ist gut, den Kopf erstmal wieder frei zu kriegen, nachdem man sich zu schnell erhitzt und in jemanden hineingesteigert hat.

Ich bin bei meinem dritten Glas Cola mit Rum, als die Nachrichten mit Dominique schon nicht mehr schlüpfrig zu nennen sind. Sie schreibt zwar, bereits im Bett zu liegen, aber ich kann sie ohne große Mühe überreden, mich abzuholen und mit zu sich zu nehmen. Manchmal sind verrückte Ideen auch erfolgreich.

In Dominiques Wohnung riecht es nach Hamsterkäfig. Auf dem Wasserbett liegen Dutzende Stofftiere, die ich nach und nach vom Bett herunterfege, je mehr wir uns darauf ausbreiten. Das Bett macht schmatzende Geräusche bei jeder ruckartigen Bewegung. Dominique stöhnt, als würde sie mit einem Lötkolben verbrannt. Ich bin so betäubt von dem Alkohol, dass ich kaum etwas spüre.

Wir liegen hinterher nicht lange, als Dominique treffend anmerkt: Du wolltest sicher nicht über Nacht bleiben?

Ich ziehe mich im Badezimmer wieder an und hätte kein Problem damit, den Bus zu nehmen, aber Dominique besteht darauf, mich wieder heimzufahren.

Der komplette Ausflug hat nicht mehr als zwei Stunden gedauert.

Sorry, voll peinlich, schreibt Dominique am nächsten Tag, aber wie heißt du nochmal?

Überfluss macht wählerisch. Entweder steigt der Anspruch oder es bilden sich Vorlieben heraus. Das macht alles nur komplizierter. Irgendwann kommt ein Punkt, an dem die Möglichkeiten zwar ihren vorläufigen Höhepunkt erreichen, aber der Anspruch auf noch mehr Qualität steigt weiter, und durch den Abgrund, der sich nun auftut, sinkt die Hoffnung auf Befriedigung des Verlangens. Die Auseinandersetzung damit kann frustrierend sein.

Früh stellte mich Jenny ihrer Mutter vor, bei der sie übergangsweise lebte, seit sie von ihrem letzten Klinikaufenthalt zurückgekehrt war. Die Unterhaltung fand schnell nur zwischen Mutter und Tochter statt, als gäbe es mich überhaupt nicht. Ich fühlte mich ausgeschlossen und konnte nicht ergründen, ob ich etwas falsch gemacht hatte. Er sagt ja gar nichts, merkte die Mutter an und Jenny wirkte plötzlich verlegen. Für den nächsten Tag war vorgesehen, dass ich etwas für uns beide koche und wir am Hafen spazieren gehen, aber nachdem Jenny eine Nachricht ihrer Mutter las, wurde sie plötzlich nervös und nachdenklich. Offenbar machte ihre Mutter ihr Vorwürfe dafür, dass sie bei mir in Harburg war. Ich versuchte, sie zu beruhigen, aber Jenny wurde nur noch unsicherer, also brachte ich sie gleich zum Hauptbahnhof. Der Abschied fiel knapp und lieblos aus, Jenny wollte noch ein Mal bei ihrer Mutter anrufen und stieg sofort in den Zug.

Danielle sendet Fotos aus Kuba und erwähnt zwischen zwei langen Sätzen, dass ihre Periode gekommen sei. Dieses Thema war in den vergangenen Wochen wie ein Geschwindigkeitsbegrenzungsschild gewesen, das in meinen Gedanken immer dann hinter einer Kurve auftauchte, wenn ich mich wohlfühlen, wieder "Gas geben" wollte, daran erinnernd, dass es ja noch "diese Sache" aufzulösen gibt und ich es mir besser nicht erlauben soll, mich schon wieder zu gut zu fühlen oder gar Pläne zu machen. Ich antworte Danielle erfreut, aber richtig erleichtert bin ich noch nicht. Meine Angst vor einer ungewollten Schwangerschaft wird abgelöst durch die Angst vor einer HIV-Infektion. Rein oberflächlich gesehen schätze ich Danielle nicht so ein, dass sie sich einem Ansteckungsrisiko aussetzen würde, aber wir haben nie über andere Sexualpartner gesprochen, und wenn ihr so ein Missgeschick mit mir passiert, dann könnte es ihr auch mit anderen Männern geschehen.

Die ganze Woche über schicke ich dem Mädchen, das ich versetzt habe, Vorschläge, wohin ich es einladen könnte. Ich beginne zuerst mit allen Restaurants, die ich bereits kenne und die ich mag, dann zähle ich Lokale auf, die ich noch nicht kenne, die aber einen guten Ruf genießen. Ich recherchiere afrikanische Bistros, mediterrane Gaststätten mit Holzkohlegrill, ostasiatische Suppenküchen, von den meisten habe ich bis dahin noch nie etwas gehört. Meine Verabredung versucht, nicht zu begeistert zu klingen, aber ich lese aus ihren Nachrichten die Neugier heraus. Sie ist die Geprellte und es ist noch zu früh, um mich zu rehabilitieren.

Am Tage unseres zweiten Anlaufs rasiere ich mich und bügele mein Outfit. Für den Fall, dass wir hinterher zu mir kommen sollten, habe ich Getränke und Knabberkram besorgt. Ich habe die Wohnung aufgeräumt, habe die Fenster geputzt und sogar den Staub von den Lampenschirmen gewedelt. Beim Sport war ich besonders motiviert. Man könnte meinen, ich gehe auf einen Abschlussball.

Zwei Stunden vorher sage ich die Verabredung ab. Wie ein trockener Alkoholiker, der Jahre der Abstinenz von einem Augenblick auf den nächsten zerstört, mechanisch, zielsicher und ohne Ankündigung, ohne einen sichtbaren Kampf mit mir selbst, tippe ich die Nachricht und schicke sie ab. Aber statt Schuld fühle ich Erleichterung.

Jenny fand eine Wohnung und richtete sie mit Hilfe ihrer Mutter her, deshalb setzten wir ein Wochenende aus. Während ich mit Freunden war, rief Jenny mich acht Mal innerhalb einer Stunde an und schickte mir Dutzende Nachrichten. Ich erkundigte mich danach, ob etwas vorgefallen war, aber sie sagte bloß, sie hätte meine Stimme hören wollen. Sind wir jetzt eigentlich ein Paar, fragte sie und ich gab phantasielos zu, mehrere Kriterien seien jedenfalls erfüllt. Ich wollte nicht schon wieder in einer Beziehung sein, aber ich wollte Jenny weiterhin sehen. An unserem ersten gemeinsamen Abend in ihrer neuen Wohnung hatten wir das erste Mal Analverkehr. Mein Penis war stark beschmiert mit ihrem Kot, deshalb mussten wir abbrechen und duschen. Nachts wachte Jenny aus schlechten Träumen auf und stieß mich an, sagte meinen Namen, bis ich sie noch halb im Schlaf in die Arme nahm. Diese Albträume hatte sie jede Nacht.

Ein paar Tage nach Danielles Rückkehr sehen wir uns wieder. Ich rede mir ein, dass ich das machen muss. Sie hat mir Geschenke mitgebracht.

Wir sprechen nicht über das, was gewesen ist, und auch nicht über das, was noch sein könnte, aber nicht sein wird. Wir haben nie über konkrete Dinge gesprochen, Danielle hat mich nie in die Verlegenheit gebracht, offen und direkt sein zu müssen und auszusprechen, warum ich wirklich hier bin. Trotzdem, oder gerade deshalb, hat es sich nie wirklich frei und sorglos mit ihr angefühlt. Es ist wie ein Elefant im Raum, den zwar wir beide sehen, aber den nur ich benennen kann. Ich habe ihn hierher gebracht.

Ich konnte die Enttäuschung in Jennys Gesicht sehen, als ich ihr auf dem DOM kein Lebkuchenherz mit einem "Ich liebe dich"-Schriftzug schenkte, sondern eines mit "Du wunderbares Biest". Es konnte sie auch nicht aufheitern, dass ich ihr gleich beim ersten Versuch ein Plüschtier aus einem Greifer fischte und wir Grimassen in einem Fotoautomaten schnitten. Sie sprach über einen Exfreund, der sich ein paar Tage vorher wieder bei ihr gemeldet hatte, nach Jahren der Funkstille. Ich fragte mich, warum sie mir das erzählte, und wurde unsicher. Wir hatten eine Meinungsverschiedenheit, als ich erfuhr, dass ich auf dem Geburtstag von Jennys Bruder nicht eingeladen war. Jenny versuchte zuerst, dem Thema auszuweichen, dann schilderte sie, dass sie sich für mich zwar eingesetzt hätte, aber letztlich von ihrer Familie überstimmt worden sei. Ich empfand Jennys Erklärung als halbherzig und teilte ihr meine Enttäuschung auch mit, aber sie wirkte zunehmend desinteressiert und genervt. In dieser Nacht umklammerte ich sie fest mit den Armen beim Sex und kam in Jenny, was ich bis dahin immer vermieden hatte, obwohl sie die Pille nahm.

Manchmal geht man auseinander und kommt auch nicht wieder zusammen. Es ist vorbei, ohne dass einer von beiden es ausspricht. Man meldet sich einfach nicht mehr, wie in einer stillen Übereinkunft, und man hofft, dass es sich damit erledigt hat. Kein Nachspiel, keine verkrampfte Aussprache. Als stehle man sich billig davon. Man weiß nicht, was die andere Seite abhält, und dass es umgekehrt genauso sein könnte, macht die Situation unfreiwillig komisch, aber wenn es nie eine Verpflichtung und keine Absprache gab, erscheint der stumme Abgang nur recht und billig.

Können wir das Kondom weglassen, fragt Henrike. Wir kennen uns noch keine drei Stunden, selbst wenn man die kurze erste Begegnung in dem Studentencafé mitzählt. Sie sagt, sie habe eine Latexallergie, es tue ihr weh. Sie schaut wie ein Kind, das mit einem Wunsch zu oft bei den Erwachsenen abgeblitzt ist und bald den Mut verliert. Ich biete ihr an, latexfreie Kondome zu kaufen, aber sie winkt bereits wieder ab und murmelt, wir können die normalen benutzen.

Seit ich über dieses Thema Bescheid weiß, wurde mir erzählt, es seien Männer, die nach Ausreden suchen, um das Kondom weglassen zu können.

Im Warteraum des Labors sitzt eine Frau und liest in einem Buch von Hesse, die übereinandergeschlagenen Beine in filigranen Römersandalen. Ihre Frisur würde man wohl als "frech" bezeichnen, sie trägt ihr lockiges schwarzes Haar auf Höhe ihrer Ohrläppchen. Es fällt mir schwer, im Warteraum eines Labors zu flirten, in dem ich einen HIV-Test machen will.

Ich habe schon ein Mal einen Test gemacht, kurz nach Jenny. Das war damals aber noch in einer Beratungsstelle und ich musste vorher ein Informationsgespräch mit einer Mitarbeiterin führen. Weil meine letzte Begegnung mit Jenny noch nicht lange genug her war, sollte ich nach ein paar Wochen nochmal wiederkommen. Ich saß im Warteraum mit rumänischen Strichjungs, scheinbar Stammgäste dort, man duzte sich. Das Ergebnis war negativ, was mich erleichterte. Bizarrerweise waren es nicht die Folgen einer möglichen Infektion gewesen, die mich unruhig gemacht hatten, sondern die Vorstellung, im Falle eines positiven Tests wieder Kontakt mit Jenny aufnehmen zu müssen. Ich hatte ihre Nummer vorsorglich gelöscht, um nicht auf dumme Gedanken zu kommen.

Als ich in der nächsten Woche mein Blutergebnis im Labor abhole, sitzt die gleiche Frau vom letzten Mal im Wartezimmer. Diesmal trägt sie eine kurze Jeansjacke und hat ein Buch von Rilke dabei. Ich spreche sie an und frage sie, ob sie sich für spirituelle Autoren interessiert.

Als die Labormitarbeiterin mich aufruft, reagiere ich zuerst nicht. Sie bittet mich, ihr in einen Nebenraum zu folgen. Dort vertieft sie sich mit konzentrierter Ernsthaftigkeit in meinen Befund. Sie überprüft meinen Anmeldebogen und schaut abermals in den Bericht. Langsam beginnt ihr Schweigen, mich nervös zu machen.

Ist alles okay, frage ich vorsichtig.

Plötzlich vergräbt die Mitarbeiterin ihr Gesicht in ihren Händen. Als sie ihre Hände wieder senkt, ist ihr Gesicht hochrot angelaufen. Sie verlässt den Raum und kehrt kurz darauf mit einem zweiten Befund zurück.

Es tut mir so leid, sagt sie mit glasigen Augen, das hier ist nicht ihr Ergebnis. Ich habe die Namen vertauscht. Oh Gott, mein Herz...

Es stellt sich heraus, dass ein anderer Mann zufällig meinen falschen Vornamen als seinen falschen Nachnamen benutzt hat und meinen falschen Nachnamen als seinen falschen Vornamen. Mit meinem Blut ist alles okay. Ich möchte jetzt nicht in der Haut der Mitarbeiterin stecken.

Auf dem Bahnsteig erkenne ich die Frau aus dem Warteraum wieder.

Lex. Alex. Alexandra.

Welche Frage ich sehr gut kenne: Was suchst du eigentlich? Für mich ist das zu einer Fangfrage geworden. Wenn ich sage, dass ich nach etwas Langfristigem suche, ist das gelogen und Frauen lesen es mir vom Gesicht ab und bohren anschließend dezenter nach, bis sie Hinweise darauf finden, dass ich nicht die Wahrheit sage und wie alle anderen Männer natürlich nur Sex will. Aber auch das ist nicht richtig und trifft es nur unzureichend. Mittlerweile glaube ich, was ich sage, ist nicht so entscheidend, sondern wie – ob ich mich in Widersprüche verstricke oder ob ich eine souveräne Haltung einnehme, ob ich dabei stottere oder Humor ausstrahle.

Prokrastination, sagt Lex mit verdrehten Augen, als ich die Frage an sie zurückspiele. Und vielleicht brauchbaren Sex bei Bedarf. Aber ich suche nicht, ich habe gerade Wichtigeres zu tun.

Nachdem Jenny und ich uns entschieden hatten, einander nicht mehr zu sehen, zählte ich die Wochen, die ich wieder alleine war, als ließe sich daran festmachen, wie ich mich fühlen sollte. Mir war unbegreiflich, wie vier läppische Monate des Zusammenseins genügen konnten, um mich so sehr zu verstören, dass ich sogar nach vier weiteren Monaten zu keinem erwähnenswerten Schritt heraus aus meinem deprimierten Zustand in der Lage war. Alte Gefühle der Wertlosigkeit, die ich bereits nach Christina erlebt hatte, brachen wieder hervor und erschwerten mir jeden weiteren Versuch, das Geschehene hinter mir zu lassen und mich wieder aufzurichten, dabei waren mir meine Irrtümer alle bewusst, meine Fixierung auf eine instabile Frau, die mir in meiner Orientierungslosigkeit keinen Halt bieten konnte. Von einem rationalen Standpunkt aus gesehen waren meine Wünsche an Jenny nur falsche Zuschreibungen gewesen, die sie einfach enttäuschen musste und die ich mir eingestand. Aber die Sehnsucht, die dort irgendwo vergraben lag, spürte ich schmerzhaft in meinem Körper, und das war, was mich so lähmte.

Als Teenager war ich in schlanke Mädchen verliebt, aber die Mädchen mit Rundungen waren auf eine seltsame, noch schwer greifbare und deshalb mit Widerwillen behaftete Art reizvoller. Ich folgte der Beweiskette nie lange genug, um an ihrem Ende zu der Erkenntnis zu gelangen, dass ich auf die dicken Mädchen stand, da mein Zugang zu Mädchen während meiner Schulzeit noch dermaßen dünn und verschwommen und geradezu nichtexistent war, dass ich nichtmal in die Lage kam, eine Vorstellung davon zu bekommen, was man Vorliebe und Präferenz nennt. Wenn eines der dicken Mädchen meine Freundin geworden wäre, dann wäre das vermutlich purer Zufall gewesen, ein Ergebnis ohne nennenswertes Zutun meinerseits. Und selbst wenn ich mich aktiv darum bemüht hätte, eines der dicken Mädchen kennenzulernen, so wäre mir das wahrscheinlich eh' nie gelungen, weil solche Mädchen in dem Alter oft selber nicht daran glauben, dass ein Junge sich ausgerechnet für sie interessieren könnte. Später rümpften dicke Mädchen die Nase, wenn ich ihnen in der Hoffnung, sie für mich zu erwärmen, verriet, dass es für mich einen großen Reiz ausmache, dass sie "etwas auf den Hüften" hatten. Offenbar dachten sie, ich wolle mich über sie lustig machen, als Kompliment verstanden sie es jedenfalls nicht – auf dicke Mädchen steht man nicht. Ich war meiner Zeit letztlich weit voraus.

Lex ist egal, was andere Menschen über sie denken.

Sie verspätet sich zu unserem Wiedersehen und verbreitet dann erstmal schlechte Laune, ihr gefällt der Tisch nicht, an dem wir sitzen. Vielleicht ist es auch bloß ihre ganz eigene Art und Weise, mit ihrer Verunsicherung umzugehen. Dafür mag sie wenigstens Herrenwitze, so lange sie nicht zu platt sind, und spricht abfällig über Lifestyle-Feministinnen.

Und sie sieht wirklich bezaubernd aus in dem engen schmutzweißen Kleid mit dem Gürtel um die Taille, der ihre Hüften noch breiter erscheinen lässt.

Ich texte das Lied um, als ich erfahre, dass ihr Vater als junger Mann zur See gefahren war, und singe "Lex, a sailor's only daughter", aber sie versteht es natürlich nicht.

Hast du das lange geplant, Casanova, fragt sie, als ich Lex vor einem Schaufenster küsse. Wenn man verstanden hat, wie berechnend du bist, dann ist deine Masche, deine komplette Haltung heute Abend, ziemlich durchsichtig. Aber so mitten auf dem Weg, das hat mich schon überrascht.

Frauen sind rücksichtsvoll und einfühlsam. Oder sie fühlen sich überrumpelt und sind überfordert. Entweder wiechen sie lächelnd zurück oder sie erwidern einen Kuss einfach nicht. Dann fühlt es sich an, als küsse man eine Scheibe Mortadella. Ohrfeigen gibt es nur im Film.

Lex möchte sich vergewissern, dass bei mir zu Hause keine Frau lebt.

In meiner Wohnung ist fast nichts mehr, seit ich nach Maureens Auszug rigoros ausgemistet hatte. Die wesentlichen Teile sind die Ledercouch im Wohnzimmer, der Kleiderschrank im Flur und das breite Bett im Schlafzimmer. Ansonsten habe ich Pflanzen, unzählige in jedem Raum. Efeus, Birkenfeigen, Kaffee, Kakteen, Geldbäume, Palmen, Sukkulenten und Drachenbäume, im Sommer auch Chilis, alles fast ausschließlich Geschenke, über Jahre angesammelt und gewissenhaft gepflegt, ein paar auch nicht ganz legal erworben. Weil die Wohnung so leer ist, nichtmal Teppich oder Tapeten hat, verleiht das ganze Grün der Kargheit etwas Ursprüngliches.

Hoffe ich zumindest.

Das Panorama des leuchtendem Harburger Hafens bei Nacht, das ich vor meinem Wohnzimmerfenster habe, ignoriert Lex komplett. Meinen Pflanzen nähert sie sich behutsam. Mit der gleichen zurückhaltenden Neugier, mit der sie Blätter anhebt, um die Eigenheiten zu betrachten, wirft sie immer zunächst einen ersten Blick durch jede geöffnete Tür, bevor sie in einen neuen Raum eintritt.

Lex mag die Bezeichnungen "drall" und "üppig" nicht. Dass sie das Glück hat, trotz ihrer Kilos ihre Sanduhrfigur behalten zu haben, erkennt sie nicht an. Die meiste Zeit ihres Lebens sei sie schlank gewesen, sie begreife sich nicht als "dicke Frau", sie denke nicht wie eine und fühle auch nicht so. Sie will nicht hören, dass sie ein X in XL ist, dass sie mit einer guten Haut gesegnet wurde, mit festem Bindegewebe, dass sie die seltene Veranlagung hat, an ihrem gesamten Körper gleichmäßig zuzunehmen, dass keine Stelle ausschlägt und keine auf der Strecke bleibt und ihre Silhouette verzerrt oder auseinandergerissen wird. Sie will nicht taxiert werden.

Ich behalte für mich, dass sie meiner Idealvorstellung ziemlich entspricht.

Ich reagiere ungeschickt, als Lex mich am Ende der Nacht fragt, ob sie noch so lange bleiben kann, bis die Bahnen wieder häufiger fahren. Vielen Dank auch, sagt sie. Sie sammelt ihre Kleidung wütend vom Boden auf und zieht sich nebenan im Wohnzimmer wieder an. Es dauert länger, bis sie sich zurechtzumacht, und ich habe genug Zeit, um etwas zu sagen, aber ich tue es nicht. Es kribbelt, während ich es geschehen lasse.

Mit nach Hause genommen zu werden ist toll! Welches Vertrauen einem damit entgegengebracht wird! Die Vorfreude steigt mit jeder Sekunde, die das Unausweichliche näherrückt. Wie ein erlegtes Tier komme ich mir vor, das aus dem Wald in die Höhle geschleppt wird, in das Unbekannte. Wie eine Trophäe lasse ich mich platzieren und anschauen. Die Wohnungen von Frauen sind so besondere Orte, weil man dort nur zu Gast ist und trotzdem frei sein kann, freier als in den eigenen Wänden. An einem fremden Ort nimmt man andere Seiten von sich wahr. Und hinterher geht man.

Es trifft Lex unvorbereitet, als ich anrufe und macht sie augenblicklich misstrauisch. Sie will mir nicht recht glauben, dass ich mich bloß dafür entschuldigen will, so grob und unsensibel gewesen zu sein. Sie hat diese Art, mir Worte im Mund herumzudrehen.

Wir treffen uns in der Schanze, um eine Currywurst zu essen, die mir mehrfach von Arbeitskollegen empfohlen wurde. Sie servieren in dem winzigen Imbiss matschigen Kartoffelsalat anstatt Pommes, und die gebogene helle Wurst ist nur von zwei Seiten gebraten und ertrinkt in dickem Tomatenketchup. Es gelingt mir nicht, Lex meine Portion anzudrehen.

Wir haben kein Glück mit den Lokalen, um diese Uhrzeit ist kaum mehr ein Tisch frei.

Die Etikette verlangt es, dass ein Kennenlernen von zwei Menschen vorgeschriebenen Abläufen entspricht. Davon abzuweichen birgt das Risiko, frühzeitig zu scheitern. Diese Abläufe umfassen in der Regel normierte Inhalte, die dem Zweck dienen, das beste Bild seiner selbst zu präsentieren und sich ein Bild von einander zu verschaffen.

Ich bin froh, als Lex mir vorschlägt, dass wir einfach sofort zu ihr fahren. Eigentlich ist es doch sehr offensichtlich, dass wir uns die Etikette ab sofort sparen können. Nach so kurzer Zeit haben wir den Pfad bereits verlassen.

Nicht gleich aufstehen, protestiert Lex und bedeutet mir mit einer Handbewegung, dass ich mich wieder zu ihr legen soll: Kuscheln!

Es gibt Frauen, die etwas mit Männern anfangen, von denen sie wissen, dass sie sie eigentlich nicht mögen, weil sie Arschlöcher sind. Ich treffe manchmal Frauen, die ich nicht interessant finde. Vielleicht erhoffen wir uns Sicherheit davon. Die Sicherheit, von diesen Menschen nicht herausgefordert zu werden, es leicht verschmerzen zu können, wenn sie sich abwenden, keine Enttäuschung in ihnen finden zu müssen. Das ist überheblich und arrogant. Wir halten uns für klüger als sie.

Eva ist sehr groß für eine Frau, ein bißchen größer als ich, und ich bin einsachtzig. Sie hat gelernt, zu akzeptieren, dass sie überall auffällt, so wie andere Menschen sich mit einem seltenen, ungewöhnlichen Namen arrangieren – indem sie anfangen, ihn zu mögen und als etwas Besonderes zu begreifen. Ich hätte mich gefreut, wenn sie zusätzlich Absätze angezogen oder ihr Haar hochgesteckt hätte oder beides gleichzeitig.

Sie bestellt Flammkuchen mit Zwiebeln. Ich küsse sie hinterher trotzdem, jetzt erst recht. Ihr Gang erinnert mich an ein Pferd, das an Zügeln durch ein Waldstück geführt wird, das breite Hinterteil zwanglos schlenkernd.

Sollte ich erwarten können, dass schon so früh während eines Kennenlernens eine erotische Spannung herrscht?

Es überzeugt mich nicht, dass Lex nur Sex wollen will. Frauen suchen sowas normalerweise nicht, sogar viele Männer nicht. Wenn eine Frau nur Sex sucht, bedeutet das, sie experimentiert, oder sie holt etwas nach, oder sie braucht gerade die Bestätigung. Oder sie will sich richtige Intimität vom Leib halten. In jedem Fall wirkt es auffällig, unaufrichtig, vorgeschoben.

Es heißt, Frauen seien schlechter als Männer in der Lage, Gefühle von Sex zu trennen.

Lex und ich sind uns einig, dass der Geruch eines Menschen stimmen muss. Während für sie jedoch die Pheromone unterbewusst Mechanismen in Gang bringen, gegen die wir uns nicht wehren können, glaube ich, dass sich uns der Geruch eines Menschen mit den positiven Eindrücken einprägt und uns langfristig zu ihm hin zieht. Wahrscheinlich ist es eine Mischung aus beidem, wie so oft im Leben.

Manchmal fühle ich mich ertappt, und nur die Neugier einer Frau, was ich noch so zu bieten habe, scheint es mir überhaupt zu ermöglichen, mein "Spiel" fortzusetzen. Das ist ein bißchen wie unter Beobachtung zu stehen und erhöht die Anforderungen, gründlicher zu prüfen: Welcher Schritt kommt als nächstes? Wie gut ist es durchdacht? Manchmal verunsichert es mich und verleitet mich zu Fehlern, manchmal macht es mich risikobereiter. Wenn ich alles für gescheitert erkläre, gelingt mir überraschend ein Comeback, und wenn ich mir zu sicher mit etwas bin, werde ich nachlässig und bei nächster Gelegenheit abgestraft.

Lex ruft an, als ich mich zu Hause betrinke. Wir sind an diesem Wochenende nicht verabredet. Unser letztes Treffen ist erst drei Tage her.

Hast du Besuch, fragt sie. Du bist komisch, betrinkst dich alleine zu Hause und machst dann deinen Abwasch. Oder bist du gar nicht alleine?

Ein bißchen verliebt sein, einen Abend, eine Nacht und einen Morgen, und dann ist's auch erstmal wieder gut.

Lex serviert Kartoffelpüree und gebratene Möhren zum Zanderfilet. Auf ihrem Balkon pflückt sie Basilikum und verteilt ihn auf unseren Tellern. Sie spricht über ihren bevorstehenden Urlaub und die Reise nach Frankreich, die sie dann machen will, zusammen mit einer Freundin.

Irgendwas lässt mich daran zweifeln, dass wir uns nach meiner Rückkehr wiedersehen werden, sagt sie. Willst du mich nicht wiedersehen, frage ich. Lex sagt: Ich denke da eher an dich.

Ich mag dich nicht, sagt Lex, nachdem wir eine Position gefunden haben, eng umschlungen zu liegen, aber du fühlst dich gut an.

Mit wievielen Frauen triffst du dich zurzeit? Dich mitgezählt, frage ich und blase die Backen auf. Vier. Lex macht große, erstaunte Augen. Wie ist sowas logistisch denn möglich?

Der erste Taumel ist wie ein Schwips, er macht alle Farben ein bißchen kräftiger und alle Kanten ein bißchen wiecher. Da ist nun etwas, das die Fantasie anregt und neugierig macht. Irgendwo in dieser Stadt bewegt es sich, atmet, schaut, schweigt, lächelt. Etwas, auf das man sich freuen kann. Der Rest blendet langsam aus, das Bisher entfernt sich unmerklich.

Babette taucht am vereinbarten Treffpunkt nicht auf. Es erleichtert mich. Ich bestelle einen Kaffee und zwinge mich, ihn zehn Minuten lang zu trinken.

Unser letztes Treffen vor ihrer Abreise sagt Lex per Nachricht ab: Ich habe meine Periode bekommen, und nach Sex ist mir heute so gar nicht. Ich widerstehe dem Impuls, Lex sofort zu antworten. Ich will nicht beleidigt klingen, aber auch nicht gleichgültig. Schade, schreibe ich etwas später, ich hatte mich gefreut, aber erhol' dich jetzt lieber, und gute Reise! Bis zu ihrer Abfahrt sind es noch drei Tage.

Erfolgserlebnisse richten das Selbstvertrauen wieder auf. Nach einer Durststrecke. Nach Rückschlägen. Sie trösten kurzfristig oder machen Appetit. Sie helfen, Spannung abzubauen und eine andere Spannung aufzubauen. Darin liegt eine Gefahr. Man wird übermütig, traut sich plötzlich zuviel zu. Man glaubt, es auch noch ein zweites Mal hinzubekommen.

Meinem Wiedersehen mit Lucia gingen drei erfolglose Versuche voraus, und als sie beim vierten schließlich nachgab, muss sie geahnt haben, dass ich sie kein fünftes Mal mehr fragen würde.

Wir schrieben eine Woche lang fast täglich miteinander. Ich fragte nach einem Treffen, aber es kam nicht zustande, weil Lucia in ständiger Auseinandersetzung mit ihrem ehemaligen Arbeitgeber stand. Also schrieben wir weiter.

Nach einer weiteren Woche versuchte ich es erneut. Lucia erholte sich noch von den Auseinandersetzungen und wollte mir nicht ausgerechnet in diesem Zustand wieder begegnen. Sie schlug aber auch keine Alternative vor.

Nach der dritten Woche war ich zuversichtlich, denn Lucias Stimmung hatte sich merklich gebessert. Ihre neuerliche Begründung regte mich aber auf: Sie gestand mir, dass unsere Gespräche sie in den vergangenen Wochen aufgebaut und ihr Freude bereitet hätten und sie fürchtete, dieser enge

Austausch könnte verloren gehen, sobald wir beginnen, uns zu treffen. Mich regte das deshalb so auf, weil ihre Voraussage treffender nicht sein konnte.

Meine Nachrichten wurden kürzer und ich ließ mir mehr Zeit mit meinen Antworten. Ich stellte auch weniger Fragen, und manchmal antwortete ich einfach gar nicht. Lucia konfrontierte mich nicht, und falls ihr mein kindisches Verhalten auffiel, dann ließ sie sich nichts anmerken.

Hast du mal darüber nachgedacht, dass die Chance, dass wir unseren Kontakt noch länger halten, nicht größer wird, je weiter wir ein Treffen hinauszögern, und dass das Risiko, die Vorstellungen, die wir uns von einander geschaffen haben, bei einem Wiedersehen zu zerstören, letztlich das kleinere Übel ist, fragte ich schließlich. Ich war drauf und dran, Lucia und all die Wochen Arbeit einfach aufzugeben und ihre Nummer zu löschen, bevor ich diese Nachricht schrieb und es ein letztes Mal probierte. Darüber denke ich seit dem allerersten Tag nach, antwortete Lucia.

Der Verdacht, dass eine Frau sich mehr und schneller in das Kennenlernen hineinsteigert als man selbst, fühlt sich nicht schön an. Es ist klebrig-unbehaglich und stürzt einen in den Konflikt, ob man seine Eindrücke offen kommuniziert oder Argumente dafür findet, es nicht zu tun und die Dinge einfach weiter laufen und sich entwickeln zu lassen. Ein Argument für Offenheit: Fairness. Eines dagegen: Direktheit kann brutal sein. Ein weiteres Argument dafür: Vielleicht räumt man einen Irrtum aus. Ein anderes dagegen: Jeder ist für sich selbst verantwortlich. Es ist einem Drahtseilakt ähnlich, einen Mittelweg zu finden, der diese und andere Aspekte ausreichend berücksichtigt und das Gewissen nicht (zu sehr) strapaziert.

Als Lex sich zurückmeldet, ist sie bereits seit einer Woche wieder in Hamburg, so habe ich es errechnet. Sie schreibt, sie kuriere zwar gerade eine hartnäckige Erkältung aus, aber sobald sie wieder fit sei, wolle sie mich gerne wiedersehen. Meine Zusage zögere ich noch hinaus, mindestens bis morgen Früh, wahrscheinlich eher bis morgen nach der Arbeit, vielleicht sogar bis morgen Abend.

Mit dem Sport hatte ich während der ersten zwölf Monate nach Jenny begonnen. Die ersten Monate nach einem Verhältnis sind wie Frieren, man ist nur damit beschäftigt, den schadhaften Mantel, an dem zu viele Knöpfe fehlen, irgendwie geschlossen zu halten, um sich vor der Kälte zu schützen. Bei mir hat es ein halbes Jahr gedauert, bis ich wieder sichtbar Fahrt aufnahm. Andere Menschen feiern wochenlang Partys, verreisen oder stürzen sich in die nächstbeste Affäre mit einer verheirateten Person, ohne sich die Chance zu geben, sich ein wenig mit sich selbst zu beschäftigen und das Alleinsein und Nichtstun aushalten zu lernen. Wenn ich ein Mann mit einem großen Freundeskreis gewesen wäre, dem es Spaß bringt, unter Menschen zu sein, dann hätte ich es vermutlich nicht anders getan. So habe ich mich stattdessen beim Sport angemeldet.

Krafttraining ist stumpf und eintönig, ein regelrechtes Highlight der Selbstbezogenheit, aber ich mag es, weil die Vorgaben so klar und eng sind. Ich will nicht nachdenken und improvisieren müssen, dazu eignen sich die Übungen gut. So lange man nichts falsch macht dabei, gibt es keine Abweichungen.

Sehr kurz nach einer Trennung dehnen sich Tage aus wie Wochen. Die Strahlung, die vom Vergangenen ausgeht, hat während der ersten Monate etwas Lähmendes und alles fühlt sich zäh und langsam an. Aber nach sechs Monaten macht es nicht mehr viel Sinn, noch länger mitzuzählen, wie lange man inzwischen alleine ist. Eine Sieben unterscheidet sich vor dem geistigen Auge nicht sehr von einer Acht und eine Dreizehn noch weniger von einer Fünfzehn. Nach einem halben Jahr spürte ich, dass ich etwas machen musste.

Das Selbstmitleid stand auf keinem stabilen Fundament mehr, ich hatte es durchgetreten wie die Wiese auf einem Openair-Konzert. Ein Freund nahm mich mit zum "Pumpen" in die "Muckibude". Ich fand Gefallen an dem Statischen der Trainingsgeräte, an den Abläufen und Wiederholungen. Es fügte sich prima in meine eigenen Strukturen ein. Der Trick ist: Je mehr man verändert, desto schwieriger passt das Alte hinterher in die neue Form hinein.

Lucia sagt, sie habe ihren Freundinnen von mir erzählt. Sie habe unsere Begegnung als "sehr intensiv" beschrieben: Die Dichte an Austausch und Interesse an einander, an Nähe und Berührungen sei sehr hoch und dehne sich über den ganzen Abend aus, reiche in die Nacht hinein und bis in den nächsten Morgen. Sie grenzt davon Begegnungen mit anderen Männern ab, die oft abgehackt, steril und lieblos seien. Es ist ein Kompliment für mich, und ich freue mich, das ein Mal zu hören, aber es macht mich auch verlegen. Du hältst das Tempo, staunt Lucia, als ich sie wieder lecke, und: Du wirst nicht hektisch.

Ob eine Frau eine Herausforderung ist, ergibt sich aus dem Verhältnis zwischen dem möglichen Gewinn zur Mühe, die man dazu investieren muss. Mögliche Herausforderungen können sein: Sie ist sehr beschäftigt und hat wenig Zeit. Oder sie hat schlechte Erfahrungen gemacht und ist deshalb misstrauisch. Vielleicht stellt sie Ansprüche (Geld, Status, Äußerlichkeiten), die nicht so leicht zu erfüllen sind, weil sie selber hohen Ansprüchen genügt. Oder sie zeigt wechselhafte Launen und ist deshalb schwer einschätzbar. Auch der Zeitrahmen spielt dabei eine Rolle.

Ihrem dritten Versuch, mich zu überreden, gemeinsam etwas zu "unternehmen", gebe ich schließlich nach. Lex tänzelt vor lauter Vorfreude von einem Bein auf das andere, nachdem ich sie bei ihr zu Hause abhole. Gemeinsam schwimmen zu gehen hat tatsächlich etwas Reizvolles.

Was ist am schönsten? Die Vorfreude auf ein Ereignis? Das Ereignis selbst? Oder die Erinnerung daran? Alle drei können auch Tücken haben.

Wir tragen beide unsere Badekleidung nicht drunter und ziehen uns erst auf dem Steg um. Lex' blauweiß gestreifter Triangel-Bikini mit dünnen Bändern deckt das Mindeste ab und legt so viel Haut wie möglich frei. Mein Kompliment auf ihren Zweiteiler quittiert sie mit den Bezeichnungen "alt" und "eigentlich zu klein".

Beim Schwimmen legt Lex die Stirn in Falten, als sei ihr noch nicht klar, ob es ihr hier gefällt oder nicht.

Es erfüllt mich mit einem wabernden Gefühl zwischen Empörung und Begeisterung, als Lex ihr Oberteil nach dem Schwimmen ablegt und es auch nicht wieder anzieht. Sie ist eine von nur wenigen Frauen, die mit nackten Brüsten herumlaufen. Es sind vor allem junge Menschen hier, Studenten, so gut wie keine Kinder.

Es gibt unzählige Klischees und Vorurteile über Frauen in ihren Zwanzigern und Frauen in ihren Dreißigern. Manche kann ich als wahr bestätigen. In ihren Zwanzigern glauben Frauen, die ganze Welt stünde ihnen offen. Sie können es sich leisten, wählerisch zu sein, weshalb sie um keinen Preis eine falsche Entscheidung treffen wollen. Also gehen sie lieber kein Risiko ein und probieren nichts aus. Der Druck, den Grundstein für ein bedeutendes, aufregendes Leben zu legen, ist groß. Frauen in ihren Dreißigern dagegen haben genug falsche Entscheidungen getroffen, um zu wissen, dass man davon nicht stirbt. Sie haben ihren Weg gefunden. Oder sie denken nicht mehr darüber nach, ob sie ihn gefunden haben. Auch, was andere über sie denken, beschäftigt sie nicht mehr. Sie können alleine sein, sie können mit weniger auskommen, vor allem stellen sie sich selbst nicht mehr ständig in Frage.

Ein Mal habe ich in einer Kneipe ein Blechschild mit der Überschrift "Das Alter der Frau" gesehen. Demnach sind Frauen in ihren Zwanzigern wie Asien – wild und geheimnisvoll. In ihren Dreißigern dagegen seien sie angeblich wie Afrika – heiß und feucht.

Ich bin froh, dass Lex mich nicht danach fragt, wie ich die vergangenen Wochen zugebracht habe, ich könnte mir spontan nichts komplett anderes als die Wahrheit einfallen lassen.

Sie schildert ihre Reise nach Frankreich sehr detailliert, leitet über auf ihre Freunde, berichtet von ihrer Arbeit, von ihren Eltern. Ich folge ihr aufmerksam und amüsiert, es macht Spaß, ihr zuzuhören. Lex beschreibt Szenen sehr bildhaft, spielt Dialoge so nach, als befinde sie sich wieder mitten in ihnen. Die Intensität, mit der sie Gefühle wie Empörung oder Begeisterung wiederaufgreift und erneut durchlebt, ist hoch. Der Kontrast zu mir könnte nicht größer sein.

Du erzählst nie etwas, sagt Lex. Du bist so verschwiegen. Wir knüpfen nahtlos daran an, wie es vor meiner Reise war.

Wir brechen wieder auf, sobald wir das Sommergewitter am Horizont entdecken, das erst für den frühen Abend angekündigt wurde. Die schmale Straße schlängelt sich den Deich entlang und mehrmals reiht sich unser Bus hinter Fahrradfahrern ein, die das Tempo niedrig halten. Der Tag an der Sonne hat uns unbekümmert und zufrieden gemacht. Am Hauptbahnhof nehme ich Lex' Hand, um sie in dem Menschengedränge nicht zu verlieren. Sie lässt sich widerstandslos leiten.

Die Häuser in Lex' Straße sehen nach dem Regenguss so aus, als hätten sie eine Grippe. Ihre Wände haben Flecken, die trüben Fenster zieren schwere Augenringe, und dass sie breiter als hoch sind, verleiht ihnen eine schlaffe, eingeknickte Körperhaltung. Keine andere Metapher könnte mein Gefühl in diesem Augenblick schlechter beschreiben.

Das ist ein Irrtum, sagt Lex, als die Turmglocke in ihrem Viertel dreiundzwanzig Uhr schlägt, normalerweise schalten sie das Ding am Wochenende aus. Ich erhebe mich langsam und sammle meine Kleidung zusammen. Aus irgendeinem Grund will ich mich nicht zu sehr beeilen.

Du musst wohl früh hoch morgen?

Lex' Abschied an der Tür fällt kühl und wenig herzlich aus. Sie drückt mich nur alibimäßig und erwidert meine Küsse auch nur widerwillig. Es ist nicht zu übersehen, wie distanziert sie plötzlich ist, aber ich sage nichts dazu.

Es ist ein Spiel. Wer blinzelt zuerst? Es ist auch viel Schauspiel darin. Verschränkte Arme vor der Brust, mich nicht noch ein Mal umdrehen, um zu sehen, ob Lex an ihrem Fenster steht und mir nachschaut. Bis zu einem gewissen Grad will sich keiner Blöße geben. Man kennt sich dazu noch nicht lange genug. Also deutet man Details und denkt sich den Rest.

Man kann nie alles gleichzeitig haben, aber man muss das nicht akzeptieren, dass es so ist.

Lex erscheint erst im letzten Augenblick auf dem Steig. Wir betreten die Bahn, als die Türen gerade schließen. Ich bin mir nicht sicher, ob ich sie darauf ansprechen will. Ich kann mir vorstellen, dass sie ihren Rucksack wieder erst auf den letzten Drücker gepackt und ihren Bus auch nur sehr knapp noch erwischt hat. Sie ist sichtlich verärgert.

Die Nacktheit in einer Sauna hat eine ganz andere Qualität. Wo an einem Strand oder Badesee allenfalls ein paar Wenige sich über das gewöhnliche Maß hinaus entkleiden, sind in einer Sauna so gut wie alle nackt. Dadurch normalisiert sich der Anblick fremder Haut und das Erlebnis verlagert sich vom Betrachten hin zum Betrachtetwerden.

Der Aufguss soll nach Zeder und Heidelbeere duften, ich rieche aber nur Zitrone heraus. Die Kugel aus Eis, die ich mit hineingebracht habe, reibe ich über Lex' Rücken und ihre Arme. Ihre Wangen sind gerötet, ihr kleiner Bauch schlägt beim Sitzen Fältchen.

Ich höre dich fast nie etwas über dich erzählen, unterbricht Lex sich selbst. Ich komme mir vor wie ein offenes Buch. Du machst das sehr geschickt, ich falle immer wieder darauf rein.

Mir sind solche Behauptungen unangenehm. Ich bin es nicht gewohnt, frei heraus von mir zu erzählen, oder zumindest nur in Gegenwart von Menschen, die mir sehr nahe stehen. Oft empfinde ich es als unhöflich, einander mit Alltag und Problemen zu "überfallen". Du musst mich fragen, sage ich. Wenn du mich nicht fragst, denke ich, dass es dich nicht interessiert.

Freunde loben mich für meine "Frauengeschichten". Sie sagen: Du tobst dich aus. Offenbar glauben sie, ich mache da eine Phase durch, hole etwas nach. Wenn sie nach Details fragen, bin ich zurückhaltend, das macht auch sie zurückhaltender. Denn umgekehrt stelle ich fest, dass sie selber auskunftsfreudiger sind, je weniger ihnen die Bekanntschaft einer Frau bedeutet. Vielleicht glauben sie also, meine Zurückhaltung lasse auf etwas Ernstes schließen. Dabei behalte ich Geheimnisse einfach gerne für mich.

Nackt im Pool auf der Terrasse zu schwimmen hat etwas Erregendes. Die Vorstellung, Lex an den Beckenrand zu drängen und in sie einzudringen, einen Augenblick lang, sich nur wenige Sekunden in ihrer Wärme zu bewegen, erscheint mir auf eine erstaunliche Art und Weise sehr nah und greifbar, etwas, das mich plötzlich überwältigt. Es sind kaum Besucher auf der Terrasse, in dem Pool sind nur Lex und ich.

Ob irgendwer es bemerken würde?

Ob Lex es wollen würde?

Sich zu verlieren in Lust und Gier ist, als schalteten sich die Teile unseres Gehirns aus, die unsere Vernunft steuern, und das Reptil in uns übernimmt fortan die Kontrolle. So stelle ich es mir vor – Klauen, verbranntes Leder, eine Zunge, die über starre Augen leckt. Raserei ist wie ein Biest, das von der Leine gelassen wird, um herumzuwandern, auf der Suche nach einer Beute. Es bohrt seine Krallen hinein, macht sich seinen Mund daran schmutzig und schlingt es in einem Stück hinunter.

Wir essen zu Abend auf Lex' Balkon, während die Menschen von der Arbeit heimkehren und ihre Straße sich mit Leben füllt.

Ich habe das nicht geplant, als ich das Kondom abziehe und mich an Lex' Schritt reibe. Die geschmeidige Feuchtigkeit und das Gefühl von Haut bringen mir wieder in's Gedächtnis, was ich verdrängt habe im letzten Jahr. Ein Mal nur, denke ich mir, ganz kurz, vor, zurück – das könnte aus einem Lied für Kinder stammen, ein Singspiel, harmlos und naiv.

Lex stöhnt lauter.

Etwas hält mich davon ab, sie danach zu fragen. Sie hat ihre Augen geschlossen. Ich reiße ein neues Kondom auf und ziehe es über.

Wir verausgaben uns diesmal sehr. Das Ende zieht sich hin, aber ich will es so und zögere es auch hinaus. Seit unserem ersten Abend ist mein Kopf endlich wieder komplett frei.

Wir haben nicht darüber gesprochen, dass ich dieses Mal die ganze Nacht bei ihr bleibe. Wir tun es auch dann nicht, als die Turmuhr Mitternacht schlägt. Lex bietet mir eine Zahnbürste an. Diese Phase der Nacht habe ich schon fast vergessen, so lange scheint es her zu sein. Danach löscht Lex das Licht.

Im Dunkeln spüre ich Lex' Hände über meinen Rücken wandern. Mein Gesicht ruht an ihrem Hals. In der Kurve, die zu ihrem Kinn hinauf führt, hat sich feiner Schweiß gesammelt.

Es ist anstrengend, immer alles kontrollieren zu wollen. Kontrolle ist auffällig und unsexy. Sie legt eine Schwäche offen. Kontrolle begrenzt und schirmt einen vor Erfahrungen ab. Sie ist das Merkmal eines unsicheren Geistes. Erfahrungen machen bedeutet, eine Angel auszuwerfen und zu beobachten, ob sich etwas an der Wasseroberfläche bewegt. Oder man stellt sich einfach gleich in ein flaches Gewässer und fängt sich etwas mit den bloßen Händen. Kontrolle macht eine Haut nicht dick. Eine dicke Haut wächst nicht davon, dass man sie verhüllt. Sie wächst, indem man sie an die Sonne bringt, sie Witterung aussetzt, sie beschädigt und ihr ermöglicht, Narben zu bilden.

Am nächsten Morgen werde ich vor Lex wach. Ich bleibe zunächst neben ihr liegen und beobachte, wie die Sonne links und rechts vom heruntergelassenen Rollo in den Raum hereindrängt. Dann erhebe ich mich behutsam, um Lex nicht aufzuwecken, und ziehe mich langsam an.

Ein Frauenheld bleibt nicht zum Frühstück, sagt Lex in die Stille hinein, mit geschlossenen Augen zwar, aber mit einer überraschend wachen Stimme.

Sie setzt sich in ihrem Bett auf und lehnt sich gegen die Wand am Kopfende. Sie schaut mir dabei zu, wie ich mein verwaschenes Hemd zuknöpfe und die Ärmel einen nach dem anderen geduldig hochkremple. Die Atmosphäre beginnt, unangenehm zu werden.

Es ist egal.

Meine Freunde sagen, man trage eine gewisse Verantwortung für einander. Dem stimme ich nur bedingt zu. Es ist durchaus billig, sich keiner Verantwortung bewusst sein zu wollen, aber wir alle sind letztlich erwachsene Menschen und jeder entscheidet selbst, was er oder sie unterstützt und mitmachen möchte. Das hat etwas von einer freien Marktwirtschaft der Liebe. Dass Entscheidungen dort nie wirklich frei getroffen werden und wir unsere offenen Schwachstellen nur schlecht schützen, weil sie uns nur unzureichend bekannt sind, macht es nicht einfacher, eine solche Haltung zu bewahren, aber es sollte kein Gegenargument sein. Von meinen Freunden habe ich mir stattdessen etwas anderes abgeguckt: Niemals darauf hinweisen, wenn jemand sich irrt. Lieber schweigen. Der Mensch wird früher oder später schon selber herausfinden, dass er auf dem Holzweg ist. Denn wer bin ich schon, dass ich anderen Menschen ihren Masterplan erkläre?! Meine Freunde haben es mit mir ja selber auch nur selten anders gemacht, wenn ich falsch mit etwas lag.

Lex fragt mich in einer Nachricht, ob ich mit ihr am Sonntag in eine Ausstellung gehen möchte. Das bringt mich aus dem Konzept, ich habe nämlich noch gar nicht mit der Planung für das Wochenende begonnen. Die Frage, ob ich mit ihr hingehen *möchte*, stellt sich für mich weniger – ob ich ausgerechnet am *Sonntag* mit ihr hingehen will, schon eher.

In der Hoffnung, dass sie sich noch ein wenig geduldet, antworte ich Lex, noch auf Rückmeldung wegen einer anderen Sache zu warten und ihr so schnell nicht zusagen zu können.

Eine Antwort hätte ich gerne noch heute, schreibt Lex schroff.

Mit Druck kann man auf verschiedene Weisen umgehen. Man kann sich entziehen und den Druck verpuffen lassen. Das birgt zwar das Risiko, dass man voreilig eine Chance verspielt, aber auf den ersten Blick handelt man immerhin souverän. Man kann dem Druck auch nachgeben, wenn man sich davon etwas erhofft. Das muss nicht bedeuten, dass man fortan auch jedem weiteren Druck nachgibt, aber es kann ein heikles Signal aussenden, dass man schnell einknickt. Oder man versucht, den Druck zu parieren, mit Humor und guten Argumenten, und dadurch Gegendruck anzuwenden. Damit stimmt man dem Spiel zu. Wenn man es beherrscht, ist das die beste der drei Varianten – man gibt die Kontrolle nicht ab und behält das Heft des Handelns in seiner Hand.

Auf ihren Ballerinas schwebt Lex regelrecht von einem Gemälde zum nächsten, einen kindlichen Ausdruck des Entzückens über ihrem ganzen Gesicht, als befreie sie Geschenke von Schleifen und Papier.

Ich erfahre erstmals vom Unterschied zwischen Impressionismus und Expressionismus und ihren Gemeinsamkeiten, was es mit der Symbolik von Gemälden auf sich hat und warum zum Beispiel das Bildnis einer jungen Frau in Unterwäsche noch im ausgehenden 19. Jahrhundert (In Frankreich!) ein Skandal sein konnte. Ich langweile mich in dieser Ausstellung nicht, aber ich brauche auch nie sehr lange, bis mir klar ist, ob mich ein Kunstwerk ausreichend interessiert, um es mir gründlicher anschauen. Dann blicke ich mich nach Lex um, suche Gelegenheiten, sie zu berühren, in die Arme zu nehmen und zu küssen.

Dass Lex mit mir nach der Ausstellung in ein Lokal geht, um etwas zu essen, kommt für mich einem Anachronismus gleich.

Ich mag keine Lokale. Sie sind für mich ein Mittel zum Zweck, ein Ort, der vor Wind und Wetter schützt, mehr nicht. Ich mag es nicht, mit Kellnern zu kommunizieren, ich mag keine anderen Gäste, die mich beobachten. Ich fühle mich nicht besser, wenn ich mich von anderen Menschen bedienen lasse, ich komme mir nicht gönnerhaft vor, wenn ich satte Trinkgelder gebe. Hohe Getränkepreise regen mich zwar nicht auf, aber ich mache gleichzeitig auch kein Aufhebens um raffiniertes, abwechslungsreiches, neumodisches Essen, um das Ereignis. Ich bin völlig ignorant und begeisterungsunfähig, was das betrifft. Ich mag es nicht, wenn fremde Menschen mir zu nahe kommen, wenn sie heimlich meinen Gesprächen lauschen, ich mag es nicht, wenn Lokale zu voll sind, ich mag das Schaulaufen nicht, das dort aufgeführt wird. Wenn ich nicht mit Freunden oder Frauen bin, gehe ich nie in ein Café, eine Bar oder ein Restaurant. Für mich ist in Lokalen alles künstlich und aufgesetzt, die Höflichkeit, die Geselligkeit, das Ambiente. Sie taugen als neutrale Orte, die Austausch ermöglichen, ein erstes Kennenlernen, mehr aber auch nicht.

Lex spürt, dass es mir hier nicht gefällt. Oberflächlich gibt es nichts zu beanstanden, und ich weiß, dass das Problem bei mir liegt, aber ich kann mich nicht überwinden und diesen Ort einfach mögen. Was die Sache kompliziert macht: Lex scheint zu denken, dass ich schon den ganzen Tag unzufrieden bin, mit ihrer ganzen Idee, in das Museum zu gehen.

Lex' Ausstrahlung ist eisig, als wir schließlich zu ihr fahren. Sie bewegt sich, als sei sie alleine unterwegs. Es ist Koketterie, dieser Widerspruch, mich einerseits zu ignorieren, mir die kalte Schulter zu zeigen, und mich dennoch nicht zu konfrontieren oder mich gar wegzuschicken. Mit der gleichen Haltung stellt sie mir wortlos ein Glas Wasser hin, lässt sich von mir ausziehen und lecken und nimmt mich in den Mund. Es ist absurd.

Du ziehst dein Ding aber auch durch, wirft Lex mir hinterher vor.

Was meinst du damit?

Alles bekommt einen Beigeschmack, wenn die Dinge sich nicht so entwickeln, wie man es sich wünscht. Das dämpft die Zuversicht, noch einen draufzulegen, es steigern zu können, und das mindert die Freude an der Sache. Es setzt voraus, dass man eine Vorstellung davon hat, was dabei herauskommen soll. Wenn man die nicht besitzt, spielt es schlussendlich keine Rolle und man kann sich darauf fixieren, dass man eben alles mitnimmt. Aber das wiederum setzt voraus, dass man die Bindung so locker lässt, dass man sie jederzeit aufgeben könnte. Ergo sagt es etwas über die Qualität der Bindung aus, wenn sie erstmal diesen Beigeschmack annimmt.

Ich verpasse meine S-Bahn und muss zwanzig Minuten auf die nächste warten. Vom leeren Steig herunter blicke ich auf die Straße, die zu Lex' Wohnung hinauf führt. Ich denke: Das ist nichts. Immer damit rechnen zu müssen, angegangen zu werden. Ihre Launenhaftigkeit.

Muss ich mir das antun?

Manche Frauen machen andere Frauen ungenießbar dadurch, dass sie allem ihren Stempel aufdrücken, ihre Note verleihen. Vergleiche zwischen zwei Frauen sind dann obligatorisch, und eine Frau, die einem zu einem früheren Zeitpunkt gut gefallen hätte, scheitert nun an den hohen Hürden, die eine andere gesetzt hat. Das verstellt den Blick. Ab einem bestimmten Punkt fällt es darum nicht ganz so leicht, einen Strich zu ziehen. Wenn die Vorstellung davon ein Gefühl des Widerwillens verursacht, könnte dieser Punkt erreicht sein. Die wenigsten Menschen sind knallhart, das ist mir bewusst. Aber vielleicht sollte man gerade dann umso gründlicher überlegen.

Lex zögert. Ich weiß nicht, sagt sie lediglich. Es ist jetzt an mir, herauszufinden, woran das liegt. Zuerst reagiere ich darauf nicht, aber nicht, weil ich überrascht bin (Das bin ich), sondern weil ich hoffe, dass Lex sich dadurch gezwungen sieht, eine Begründung für ihre Entscheidung anzuhängen. Schließlich frage ich doch: Warum, bist du schon verabredet?

Nein, im Gegensatz zu dir wahrscheinlich...

Wieder so eine Andeutung, auf die ich nicht eingehen werde, denke ich.

Mit einem tiefen Luftzug setzt Lex an: Mir fehlt etwas, wenn wir zusammen sind. Ich fühle mich gehetzt. Du gibst mir das Gefühl, austauschbar zu sein.

So viele Stränge, an denen man anknüpfen könnte, denke ich mir.

Ist es nicht mehr schön mit mir, frage ich stattdessen.

Darum geht es nicht.

Ich würde dich gerne sehen, sage ich, um hier eine Linie zu ziehen. Es ist schön mit dir. Du kannst ja nochmal überlegen und dich melden.

Wenn du meinst...

Hinterher habe ich die besten Einfälle. Um keine Kurzschlussreaktionen zu riskieren, gebe ich mir noch eine Stunde, alles sacken zu lassen. Mein erster Impuls, das Wochenende nun komplett zu verplanen, ist letztlich aber stärker.

Die deprimierendste Zeit in einer Woche ist Samstagabend, wenn man ihn nüchtern alleine zu Hause verbringt.

Marja bringt das Schachbrett mit, wie wir es verabredet hatten. Wir spielen Strip-Schach. Für jede gefallene Figur, die kein Bauer und kein König ist, muss der Spieler ein Kleidungsstück ausziehen. Fällt der König, muss man sofort alles ausziehen. Weil Marja vorher noch nicht oft Schach gespielt hat, erhält sie einen Vorsprung und ich beginne mit lediglich meiner Unterhose an.

Marja trägt ein Tuch um den Hals, eine Jeansjacke, Socken, einen kurzen Rock, Leggings, ein Shirt, einen BH und einen Schlüpper.

Es sollte nie zu gut laufen. Man sollte nie den Fehler begehen, sich zu sicher zu fühlen. Gerade Männer neigen dazu, sich einzurichten in ihren Beziehungen und sich gehenzulassen. Wie die Dinosaurier – das kann ewig so weitergehen, glauben sie. Die ersten Anzeichen, dass ihre Frauen unzufrieden mit ihnen sind, mit ihnen beiden, mit sich selbst, sehen sie überhaupt nicht. Bis letztendlich der Schuss vor den Bug kommt, die Pistole auf die Brust. Aber dann ist es eigentlich schon zu spät. Und die Männer wachen plötzlich auf und verstehen die Welt nicht mehr.

Marja schildert mit einer sichtbaren Scham, wie ihr Ex seit ihrer Trennung von ihm jedes Trennungsklischee durchmacht, das man sich nur vorstellen kann. Nach endlosen Briefen und massivem Gewichtsverlusst steckt er zuletzt in der Phase, sein Äußeres komplett zu verändern und sich stark tätowieren zu lassen. Marja ist verärgert über ihn, dass er mit der Situation nicht würdevoller umgeht. Als nächstes lernt er eine Frau kennen, die dir auf's Haar gleicht, witzele ich, aber der arme Teufel tut mir schon auch ein bißchen leid. Offensichtlich hat er niemals damit gerechnet, dass sowas passieren könnte.

Ausgerechnet auf dem Arbeitsamt habe ich ein Mal im Büro eines Sachbearbeiters eine interessante Lebensweisheit über den großen Irrtum zwischen Frau und Mann gelesen: Während sie denkt, er wird sich ändern, denkt er, sie wird sich nie verändern.

Es lässt sich manchmal einfach nicht vermeiden, sich mit jemand anderem zu "trösten". Die Ablenkung ist letztlich zu effektiv. Wie ein starkes Schmerzmittel, das nur kurzzeitig, aber dafür zuverlässig wirkt, hilft die Aufmerksamkeit und Bestätigung eines anderen Menschen über die Unsicherheit hinweg, die eine plötzliche emotionale Erschütterung bei einem anrichtet. Es macht keinen Unterschied, ob man jemanden verlassen hat und mit seinem Gewissen ringt oder ob man der Verlassene ist und mit der Realität kämpft. Es ist das gleiche, wenn man sich von seinem Partner jahrelang nicht beachtet fühlt und dann nicht anders kann als auszubrechen. Und weil das nur ein Kratzen an der Oberfläche ist, ändert so eine "Sofortmaßnahme" auch nichts am eigentlichen Problem. Aber manchmal fühlt es sich an, als habe man gar keine andere Wahl.

Ich führe mir vor Augen, wie egal mir Jenny inzwischen ist, und das erstaunt mich sehr. Nicht nur habe ich keine emotionale Verbindung mehr zu den Bildern, die ich mit ihr assoziiere, ich bin außerdem auch mir selbst fremd, der Mensch, der ich damals war. Ich bin mir sicher, würde ich meinem damaligen Ich heute begegnen, stünden sich dann zwei komplett andere Menschen gegenüber.

Der Fokus auf der Landkarte des Begehrens hat sich verschoben und die Farbe, mit der man einst Flächen ausgemalt hat, stellt sich als billig heraus, bleicht aus, deckt nicht mehr gut, hinterlässt nur noch Flecken.

Am Montag rechne ich damit, einen Anruf oder wenigstens eine Nachricht von Lex zu erhalten. In meiner Mittagspause ordne ich Gedankenfetzen für eine imaginäre Unterhaltung. Auf dem Weg zum Sport überprüfe ich mehrmals mein Handy, weil ich meine, ein Nachrichtensignal zu hören.

Am Dienstag ist Lex mein erster klarer Gedanke nach dem Aufwachen. Eine Aufregung breitet sich in mir aus bei der Vorstellung, dass sie sich heute bei mir meldet. Ich organisiere ein Treffen mit Freunden, um nicht alleine zu Hause sitzen zu müssen.

Am Mittwoch schwindet meine Zuversicht, dass Lex mich kontaktiert. Auf Arbeit mache ich freiwillig Überstunden und nach Feierabend esse ich in einem Imbiss, anstatt sofort heimzufahren. Zu meiner Verblüffung bin ich erleichtert, als ich am Abend keine Nachricht von Lex auf meinem Display entdecke.

Am Donnerstag kann ich es gar nicht erwarten, das Wochenende zu verplanen. Mich bis zum Abend zu gedulden hat etwas Quälendes und Reinigendes zugleich. Den Gedanken, ausgerechnet jetzt ein Lebenszeichen von Lex zu erhalten, schiebe ich von mir weg.

Manchmal geht man wortlos auseinander und beginnt erst nach einer Weile, die offenen Enden zu spüren, die nicht mehr geschlossen wurden. Die anfängliche Erleichterung weicht einem schalen Gefühl. Dann macht es einen Unterschied, wie viel Verantwortung auf welcher Seite übrigbleibt oder wieviel man zumindest auf welcher Seite wähnt.

In meinem Umfeld sind die Reaktionen auf mein "Herumhühnern" gemischt. Von "Etwas nachholen" ist da die Rede. Man hält es also für ein vorübergehendes Phänomen. Mich kannte man lange Zeit nicht so aktiv und umtriebig. Was wäre nun die Reaktion, wenn es nicht vorübergehen würde? Mitleid? Das sind jedenfalls die gemäßigten, zurückhaltenden Töne. Zurückhaltend finde ich es auch, wenn jemand seine wahre Meinung für sich behält, das rechne ich dann eher der kritischen Seite zu. Manche scheinen es mir insgeheim anzukreiden, dass ich damals mit Maureen Schluss gemacht habe, aus irgendeinem Grund wird es als unrecht empfunden. Über das "Wie" könnte man ja meinetwegen noch sprechen. Auch die Zustimmung wird nur dezent mitgeteilt, sie äußert sich schulterklopfend, verstohlen lächelnd, komplizenhaft. Mag sein, dass eine Frau an meiner Stelle härter beurteilt würde, aber von Lob und Anerkennung, bloß weil ich ein Mann bin, kann auch nicht die Rede sein.

In meinem Umfeld gibt es keine Beziehung, in der ich gerne sein würde, hätte ich die Wahl. Jetzt könnte man natürlich argumentieren: Die perfekte Beziehung gibt es auch nicht. Jeder gestaltet seine Beziehung anders. Irgendetwas fehlt doch immer. Sich dieses einzugestehen und es dennoch zu versuchen ist, worauf es ankommt. Es einfach zu tun.

Beziehungsarbeit. Wenn ich dieses Wort höre, graust es mir. Arbeit ist für mich etwas, das ich tue, um Geld zu verdienen, von dem ich mir Dinge kaufe, die ich zum Leben benötige – und ich arbeite absichtlich nicht sehr viel. Weder brauche ich Arbeit, um mich selbst zu verwirklichen, noch generiere ich mein Selbstvertrauen daraus. Eine Beziehung sollte nicht Arbeit sein.

Papier, Stein und Schere funktioniert auch als Beziehung, Single und Bekanntschaft: Beziehung schlägt Single, weil man in einer Beziehung Gesellschaft hat. Single schlägt Bekanntschaft, weil Single nicht von der Bestätigung anderer Menschen abhängt. Bekanntschaft schlägt Beziehung, weil die Bindungen freier sind. Oder umgekehrt: Bekanntschaft verliert gegen Beziehung, weil Beziehung Vertrauen zwischen zwei Menschen ermöglicht. Single verliert gegen Bekanntschaft, weil man mit "Bekannten" öfter Sex hat. Beziehung verliert gegen Single, weil Single keine Kompromisse eingehen muss.

In Fitnesstudios fühlt sich jeder beobachtet.

Was mir am Trainieren gefällt: Alle arbeiten auf ein Ziel hin. Wir sind hier außerdem eine Ansammlung von Stereotypen, zu erkennen an unseren Unsicherheiten und abzustempeln anhand der Assoziationen, die wir hervorrufen. Die wunderschöne schlanke junge Frau mit dem Tunnelblick. Der viel zu dicke Typ, der – seinen Ehrgeiz in Ehren – viel früher mit Sport hätte beginnen müssen. Die aufgekratzten Bübchen, die immer in Grüppchen herumstehen und sich alle an einem einzigen Gerät abwechseln. Der Durchschnittstyp mit der Durchschnittsfreundin, die er vor den Blicken anderer Männer "verteidigt". Die Frau, die auf dem Fahrrad Fantasyromane liest. Die aufgepumpten Kumpel, dermaßen maskulin, dass "latent homosexuell" eine untertriebene Beschreibung von ihnen wäre. Die Mädchen, die zum ersten Mal da sind und hysterisch kichern, während sie jede Übung falsch ausführen.

Dicke Mädchen, die sich unter langen schlabberigen Pullovern und Jogginghosen verstecken, geben mehr von sich preis, als sie wahrscheinlich beabsichtigen. Sie haben eine mutlose Körperhaltung, an den Geräten wirken sie unentschlossen, zögerlich. Ihre selbstbewussteren Versionen tragen hautenge Sportleggings, in denen ihre gewaltigen Pos den Fluchtpunkt darstellen, auf den alles zuzulaufen scheint. So offensiv, aggressiv, aufdringlich. Trotzdem weichen sie sogar jedem zufälligen Blickkontakt sofort aus.

Die Zugbegleiterin in dem Regio ist süß, sie hat Pausbacken. Ich bemerke die goldenen Ringe an ihren Fingern und das Goldkettchen und die goldene Uhr an ihren Handgelenken, als sie meine Fahrkarte nimmt, um sie zu stempeln. Sie trägt auch eine schmale Goldkette um den Hals, die unter dem Kragen ihrer Dienstuniform hervorglitzert, und goldene Stecker an den Ohren.

Entschuldigung, sage ich zu der Zugbegleiterin, als sie das nächste Mal den Waggon durchschreitet, da steht etwas auf meiner Fahrkarte. Krieg' ich deine Nummer, habe ich draufgeschrieben. Die Frau grunzt vergnügt. Nein, sagt sie und gibt mir die Fahrkarte zurück. Ihr Lachen hallt von der kleinen Treppe herauf, als sie zum unteren Abteil hinuntersteigt.

Das ist die amüsanteste Abfuhr, die ich jemals bekommen habe.

Unvoreingenommen in ein Kennenlernen zu gehen, ohne eine allzu klare Zielsetzung zu haben, ist gar nicht so einfach. Mit jedem weiteren Gesicht, dem man begegnet, schreitet die Erstellung der perfekten Blaupause, was man will und was nicht, wann man es will und wie, ein kleines Stück voran. Das kann zu einer Behinderung werden. Es schottet einen davor ab, die Dimensionen der Erfahrung zu erweitern, offen zu sein, Neues auszuprobieren. Aber wer ist schon völlig offen und sucht nicht wenigstens unbewusst nach dem, was er kennt und mag?

Ich rede mir ein, dass ich Lex nicht anrufen werde. Ich rekonstruiere abermals den Verlauf unserer bislang letzten Begegnung und komme wenig überraschend zu dem immer gleichen Schluss: Der Ball liegt bei ihr. Kurz bevor ich es dann doch tue, deutet auch nichts darauf hin, dass ich meine

Meinung so plötzlich und innerhalb von nur wenigen Gedanken ändere. Ich sage mir nun, ich könne doch der gelassene, klügere Part von uns beiden sein, der nicht aus Angst und Unterwürfigkeit den Austausch sucht, sondern im Gegenteil Lex' offensichtlich unentschiedene, unentschlossene Haltung ausgleicht und sich seine Gefühle nicht länger von unreifen Werten diktieren lässt. Diese Vorstellung versetzt mich augenblicklich in eine unerwartete Euphorie und Vorfreude.

Lex meldet sich mit einer Stimme am Telefon, als hätte sie tagelang geübt, niedergeschlagen zu klingen.

Du fehlst mir, sage ich schließlich.

Tja.

Ich hatte gehofft, von dir zu hören.

Ich war letzte Woche kurz davor.

Ich möchte dich sehen.

Eine kurze Pause entsteht.

Ich weiß nicht, wie klug das ist, sagt Lex. Welche Richtung nehme ich damit, dass wir uns weiterhin sehen? Ich habe die Sorge, dass ich mir etwas damit verbaue.

Findest du es nicht schön, wenn wir zusammen sind, frage ich bewusst naiv.

Darum geht es nicht.

Triff' dich mit mir und sprich' mit mir darüber!

Es mag wie ein substanzloser Erbauungsspruch aus einem dieser völlig überteuerten kleinen Büchlein mit Fotos von Sonnenuntergängen und aufeinandergestapelten Steinen klingen, die man an Menschen verschenkt, die gerade ihren Job verloren haben oder demnächst in eine andere Stadt ziehen müssen, eine Plattitüde, aber weniger von etwas ist manchmal tatsächlich mehr, so lange es dennoch komplett ist. Wenn es in seiner reduzierten Form trotzdem rund ist. Klar will man immer noch etwas drauflegen, aber man braucht es nicht. Eine Liebelei, die ihren Anfang besitzt, einen zunehmenden Spannungsbogen mit einer oder zwei Wendungen und einem Höhepunkt, und die an einer guten Stelle zu ihrem Abschluss kommt. Vielleicht sieht man das noch nicht sofort ein, sondern erst etwas später. Für den Moment ist erstmal ursächlich, dass es einen Mangel gibt. Enden sind deprimierend. Entscheidend für das richtige Maß ist der richtige Zeitpunkt. Wenn der stimmt, dann braucht man sich hinterher auch nicht einzureden, dass man etwas ausgelassen, etwas nicht ausprobiert hat.

Wie gehen Frauen mit sehr viel Nachfrage um?

Ich ziehe etwas komplett Neues zu unserem Wiedersehen an. Ich will Lex damit nicht vorgaukeln, ich hätte mich in der kurzen Zwischenzeit in jemand völlig Neues verwandelt, sie würde darauf auch gar nicht reinfallen, aber ich will etwas Unvorhersehbares tun. Lex hat ein Kleid an, das ich schon an ihr gesehen habe. Sie spricht zuerst noch mit ihrer Kollegin hinter dem Tresen, ehe sie zu mir herüber kommt. Ihr Teil der Umarmung fällt diskret aus, daneben muss mein Griff geradezu stürmisch wirken.

Wir beeilen uns, um noch den Bus zu bekommen, der uns an's Wasser bringt.

Ich beobachte Lex' Verhalten und achte auf Momente, in denen sie kurzzeitig entspannt, lächelt.

Wir haben uns bisher nicht geküsst. Das ist das erste Mal seit unserem ersten Treffen, dass wir uns nicht wenigstens zur Begrüßung küssen. Die Distanz, die sich in den vergangenen Wochen ausgebreitet hat, kriecht noch immer vor uns her.

Lex erzählt von ihrer Arbeit, während wir langsam die Elbe entlanglaufen. Mein Blick ist gen Boden gerichtet, meine Füße treten Steine zur Seite. Lex will sich beruflich verändern, aber etwas hält sie zurück, sich auf konkrete Vorstellungen einzulassen. Sie erwähnt, dass ihr bester Freund sie am kommenden Wochenende besuchen wird. Auf einer

Sitzbank teilen wir uns ein Bier und eine ungarische Salami, die Lex in ihrem Rucksack hat.

Wir kommen uns endlich wieder näher. Es ist für mich keine Sensation damit verbunden und ich will mich auch nicht sprichwörtlich auf Lex draufstürzen, um die Sensation dadurch zu erzwingen. Ich bin froh, dass wir diesen ersten Schritt vollführt haben.

Was ist mit dir, fragt Lex und greift das Thema Arbeit wieder auf. Kannst du nicht mehr leisten als das? Du willst das gar nicht, beantwortet sie sich ihre Frage selbst.

Nein. Ich will das nicht. Das hört sich für mich zu sehr nach Wollen an, nach Durchsetzen.

Ich spüre, dass ich nun wirklich Lust habe, Lex zu küssen. Wir könnten nun beide die richtige, die gleiche Temperatur haben. Es ist ebenfalls ein guter Augenblick, um unser Telefonat wiederaufzugreifen und über "uns" zu reden.

Aber ich habe nichts zu besprechen oder zu klären, das hatte ich nie.

Ich halte Lex mitten auf dem Weg an, um sie mir anzuschauen.

Wie schön das mit dir sein kann, einfach nur spazieren zu gehen und sich zu unterhalten, stellt Lex fest. Ich weiß ja, warum du mich eigentlich sehen wolltest. Du willst überhaupt nicht reden.

Ich spekuliere darauf, dass Lex ihren Monolog wiederaufnimmt. Ja, sage ich schließlich, es ist schön, mit dir hier zu sein und sich nur zu unterhalten. Das überrascht mich selbst.

Spinner, sagt Lex. Sie wendet ihre Aufmerksamkeit einem Strauch Brombeeren zu, der am Wegrand wuchert. Sie pflückt eine Frucht davon ab und kostet sie.

Darf ich dich küssen, frage ich.

Lex antwortet nicht, also tu' ich es.

Darf ich dich noch ein Mal küssen?

Lex lässt es erneut geschehen, aber dieses Mal protestiert sie: Autsch! Dein Bart sticht mich! Das ist wie tausend kleine Nadeln!

Ich lasse sie sich beruhigen, dann frage ich: Darf ich dich ein drittes Mal küssen?

Als ich ein viertes Mal frage, unterbricht Lex mich und schnauzt mich an: Schluss jetzt, ich bin doch keine Knutschpuppe!

Wir sprechen nicht darüber, dass wir wieder aufbrechen, wir einigen uns nicht extra darauf. Es geschieht auch ganz automatisch, dass ich Lex' Hand nehme und sie nicht mehr loslasse und sie sich auch nicht entzieht. Es fühlt sich großartig an, nach dieser ungewissen Zeit nun hier an dieser Stelle zu sein und dies machen zu dürfen.

Wir nehmen uns Croques aus einem Imbiss mit und Lex räumt ihren Balkon um, damit wir noch die Abendsonne miterleben können.

Nach dem Essen geht Lex dazu über, das Schlafzimmer vorzubereiten. Sie lässt das Rollo herunter und schaltet die Nachttischlampe an. Ich schaue ihr aus dem Türrahmen zu.

Ich habe keine Anlaufprobleme, ich muss mich nicht konzentrieren. Mein Erstaunen darüber wird in sich selbst erstickt, ehe es sich zu komplexen Gedanken ausbilden kann. Ich reibe meinen steifen Penis an Lex' feuchter Scheide. Das fühlt sich wie Stunden an. Meine Arme führe ich unter Lex' Rücken hindurch, damit ich ihren Kopf in meine Hände nehmen kann, während wir uns in die Augen schauen.

Das ist Folter, protestiert Lex.

Sie schaut überrascht, als ich mich um Elf nicht anzuziehen beginne, sondern vorschlage, die Nacht zu bleiben und gemeinsam mit ihr aufzustehen. Ich bin plötzlich selbst überrascht, als Lex verhalten reagiert, und bereue meine Idee sofort wieder. Wie naiv ich bin, von meinen Gewohnheiten abzurücken!

Ich muss morgen nicht früh hoch, sagt Lex.

Ich auch nicht, erwidere ich etwas zu fix. Damit will ich gar nicht gegenargumentieren. Eigentlich weiß ich überhaupt nicht, was ich damit sagen will.

Du bildest dir hoffentlich nicht ein, dass wir das ab jetzt jedes Mal so machen.

Jetzt werde ich ein bißchen ärgerlich. Vielleicht ist es besser, wenn ich doch gehe, sage ich. Tut mir leid!

Ich habe nicht gesagt, dass du nicht bleiben darfst, sagt Lex entschieden, dann, milder: Ich will bloß, dass du weißt, dass es etwas mit mir macht, wenn du hier über Nacht bleibst und dann am nächsten Morgen wieder verschwindest, als wärst du auf der Flucht.

Ich sehe davon ab, etwas einzuwenden und eine Diskussion daraus zu machen. Ich lasse Lex Recht haben. Stattdessen frage ich: Hast du meine Zahnbürste noch?

Reibung ist gut. Meinungsverschiedenheit, Schmollen, ignoriert werden. Ein bißchen Angst spüren. Es stimuliert und weckt auf. Es führt einem wieder die große Bandbreite an Gefühlen vor Augen, zu denen man in der Lage ist, und die schier endlose Auswahl an Eindrücken, die es noch immer zu sammeln gibt, abseits der kleinen Welt, die man sich gemeinsam gebaut hat. Und wenn man sich dann doch wieder einander annähert, ist alles einen Tick lebendiger – falls man es denn zulässt und ergreift und so lange wie möglich ausreizt.

Lex öffnet ihre Wohnungstür zuerst nur einen Spalt und schaut mich dahinter aus großen Augen an. Sie kommt direkt aus der Dusche, ist splitternackt. Ihr Kopfhaar ist noch nass, die Haut an ihrem Körper kühl, und ich finde noch Feuchtigkeit in Lex' Armbeuge, unter ihren Brüsten und in ihren Leisten.

Als ich mich in dieser Nacht erneut an ihrem Schritt reibe, protestiert Lex wieder: Das ist Folter! Sie sagt: Ein Mal zehn Sekunden ohne Kondom!

Das können wir nicht, sage ich ruhig.

Das ist unfair von dir!

Lex, die bei unserem Sex der bewegliche Part ist, die unserem Spiel Eleganz und Harmonie verleiht, gibt sich plötzlich keine Mühe mehr. Ihr Griff um meinen Rücken ist nicht sehr fest, ihr Blick geht an meinem vorbei und sie erwidert auch keine Küsse. Sie ist beleidigt.

Was ist los, frage ich.

Nichts.

Ich bin die ganze Zeit in ihr und wundere mich, dass das gerade möglich ist. Als ich die Geschwindigkeit erhöhe, macht Lex kurz ein erschrockenes Gesicht, als würde ich ihr damit weh tun. Ich spüre, wie Lex ihre Abwehr langsam aufgibt, ihre Arme schließen sich wieder um mich.

Das Gegenüber wird zum Resonanzkörper, der die Schwingungen verstärkt, die man aussendet.

Ich habe die Augen geschlossen, obwohl es dunkel im Raum ist. Lex' Bauch liegt beruhigend an meinem. Ich höre das Lächeln aus ihrer Stimme heraus, während sie spricht.

Wie schön das mit dir sein kann, sagt sie.

Frauen mit einem Mangel an der entsprechenden Erfahrung haben absurde, unkomplette Vorstellungen davon, was für eine Gestalt ein Verhältnis, eine unverbindliche Bekanntschaft haben kann. Sie glauben, man treffe sich nur zum stumpfen, seelenlosen Sex und verschwinde danach sofort wieder und lasse sich auch nie wieder blicken. Sie sagen, sie bräuchten erst eine menschliche Verbindung zu ihrem Gegenüber, um über sowas wie Intimität überhaupt erst nachdenken zu können. Meinetwegen. Aber sie scheinen keine Vorstellung zu haben, dass Zärtlichkeit und ein liebevoller Umgang auch in einem "lockeren" Konstrukt keine Widersprüche sein müssen. Dass man auch außerhalb einer Beziehung Sex mit einem Menschen haben und sich dennoch für sein Leben, seine Sorgen und Hoffnungen interessieren kann. Viele Frauen sträuben sich dagegen, diese Erfahrung zu machen, oder sie haben sie bereits gemacht und wurden verletzt und trauen sich nicht, sich noch ein Mal dafür zu öffnen, sich die Fähigkeiten anzueignen, in einer solchen Verbindung zu bestehen. Frauen erzählen mir, sie könnten ihre Gefühle nicht kontrollieren, würden sich zu schnell verlieben. Ihnen fehle es bei all der Unverbindlichkeit an Tiefgang.

Svenja ist an allen Stellen ihres Körpers enorm. Ihre große Oberweite hebt sich in ihrer Silhouette nur deshalb nicht sehr hervor, weil ihr Bauch, ihr Po und die Beine ihr in nichts nachstehen. Ich bebe vor Freude, als ihre Schritte im Hausflur sich nähern. Zu wissen, dass wir Sex haben werden, ist wie diese besondere Vorfreude in der Kindheit, als ich genau das Geschenk erwarten durfte, das ich mir zum Geburtstag gewünscht hatte. Überraschungen waren keine vonnöten und sogar überflüssig, es brauchte bloß das Bißchen Geduld, bis die Eltern das Päckchen hervorholen.

Svenja reagiert entzückt auf meine überschäumende Aufdringlichkeit.

Es ist Freitagvormittag, eine Zeit in der Woche, in der ich eigentlich nie Frauen treffe. Weil Svenja auf die kompletten nächsten beiden Wochen aber keine Zeit hat, da ihr an den Abenden und auch an den Wochenenden niemand ihre Kinder abnimmt, blieben nur diese paar Stunden heute übrig, die wir beide nicht arbeiten, und sogar dazu musste Svenja sich erst das Auto einer Freundin ausleihen, um vom anderen Ende der Stadt anreisen zu können. Vielleicht hat sie ein wenig meine Enttäuschung über ihre zeitlichen Möglichkeiten gespürt und geahnt, dass ich mich nicht zwei Wochen "bei der Stange halten" lassen würde, bis sie wieder einen Babysitter bekommt.

Svenja dirigiert mich. Sie gibt das Tempo vor und vermittelt mir, was ihr besser gefällt und was weniger. Sie scheint es "gebraucht" zu haben, wieder einen Mann zu haben, als sie binnen Sekunden zum Höhepunkt kommt. Dabei spritzt sie mich aus ihrer Scheide an – zuerst spüre ich etwas wie Sprenkler auf meinen Wangen, und als ich fortfahre, sie zu lecken, schmeckt sie nach Urin. Etwas tropft von meinem Schnurrbart und läuft mir den Mundwinkel herunter.

Ihr blondes Kopfhaar ist lang und sehr dick.

Du, fragt Svenja hinterher, nachdem wir schweigend liegen. Ihre Stimme ist überraschend leise, als traue sie sich kaum, zu sprechen. Was ist das hier für dich?

Auf diese Frage bin ich vorbereitet, nur hätte ich sie noch nicht schon beim ersten Wiedersehen erwartet. Der erste Reflex ist immer, etwas möglichst Neutrales sagen zu wollen, das weder zu sehr abgrenzt noch irgendwelche Hoffnungen nährt oder erzeugt. Bei Svenja bin ich klarer und direkter mit meiner Auskunft. Ich sage, mit den meisten Frauen laufe es darauf hinaus, dass man sich eine Weile häufiger oder unregelmäßiger trifft und sich dann aus den Augen verliert. An etwas Festem sei ich nicht interessiert.

Dann weiß ich ja, was ich zu erwarten habe. Svenja klingt nicht enttäuscht, aber vielleicht ein wenig desillusioniert. Wenigstens bist du ehrlich.

Eine Auswahl an Statements, um sich aus der sprichwörtlichen Affäre zu stehlen, ohne persönlich werden zu müssen: Ich hänge noch an meiner Ex. Ich habe derzeit andere Dinge im Kopf als Kennenlernen (z. B. Familie/Freunde, Arbeit, Gesundheit). Ich habe jemand anderes getroffen und will das gerne vertiefen. Es funkt nicht. (Kombinationen sind möglich.)

Lex empfängt mich in einem ganz neuen Dress, einem hautengen, knappen Kleidchen mit weitem Ausschnitt und kurzen Ärmeln, ein ganz billiges Teil. Sie hat sich ihr Haar außerdem hochgesteckt. Sie sieht göttlich aus, eine richtige Traumfrau, wunderhübsch und sehr anziehend.

Lex beginnt im Flur, mich auszuziehen. Ich spüre keine Lust. Seit Svenjas Besuch heute Vormittag ist noch nicht genügend Zeit vergangen, dass ich mich jetzt schon auf Lex einlassen kann. Ich fühle mich bedrängt, dabei tut Lex nichts Falsches. Ich ärgere mich, wie schlecht ich diesen Tag geplant habe.

Es ist zum Heulen – unter dem kurzen Kleid trägt Lex kein Höschen!

Es ist notwendig, dass ich mir etwas Verdorbenes vorstelle, um das jetzt hinter mich zu bringen, nichts Verbotenes, nur ein Szenario, in dem sich die Beteiligten einer Hemmungslosigkeit und Extase hingeben, für die sie sich hinterher, wenn sie wieder zu sich selbst zurückkehren, schämen und davor erschrecken, welch ekelhaftes Bedürfnis nach Kontrollverlust und Erniedrigung sie soeben in sich entdeckt haben.

Ich kann mich auch noch nicht darauf einlassen, nur mit Lex zu liegen, ich spüre, dass ich einen Mindestabstand benötige. Lex hingegen ist kuschelig. Sie bittet mich um eine Massage und ich muss mich überwinden, sehr ähnlich, als stünde ich gerade aus dem Bett auf, sehr früh am Morgen. Es macht keinen Spaß, in Lex' Muskeln nach Verspannungen zu suchen und ungeschickt darin herumzudrücken. Lex bemerkt meinen Widerwillen.

Was ist mit dir? Warum bist du so verkrampft, fragt sie. Du bist schon die ganze Zeit so unbeteiligt, wie ein Roboter.

Ich antworte ihr nichts.

Als ich in ihrem Nacken zu grob herumwühle, schreckt Lex hoch: Aua! Nicht so brutal, du Schlachter! Sie schlägt meine Hand weg und richtet sich auf. Das hat wehgetan! Sie schaut mich aus vorwurfsvollen Augen an, verletzt.

Es tut mir leid, sage ich, dann, läppisch: Mein Tag war nicht gut.

Mein Tag war nicht gut, imitiert mich Lex, das klingt wie die häufigste Erklärung aller Zeiten.

Sie fässt unter den Stapel zusammengefalteter Kleidung, der neben ihrem Bett liegt, und zieht sich eines der Shirts an. Die Bettdecke benutzt sie, um sich untenrum zu verhüllen. Ich bleibe nackt vor ihr sitzen.

Wenn du keine Lust hast, mich zu sehen, dann sag' mir das gefälligst! Dann kann ich mir diese "Verkleidungen" sparen. Denkst du, ich hätte nichts besseres zu tun mit meiner Zeit!?

Ich fühle mich ertappt. Gleichzeitig frage ich mich, wie oft Lex bisher wohl schon gedacht hat, mich ertappt zu haben, ohne dass das gestimmt hat. Ich ärgere mich auch über mich selbst, wie unauthentisch und rückgratlos ich bin, meine einfachsten Bedürfnisse zu verleugnen und so einen Schlamassel dadurch zu verursachen.

Erwartest du, dass ich dir dankbar dafür bin, dass du vorbeikommst, um mich zu ficken, fragt Lex nach einer Pause, in der keiner von uns spricht.

Nein.

Lex beugt sich ein Stück vor und fährt in einem eindringlicheren Ton fort: Du musst mir keinen Gefallen tun und mir zuliebe hierher kommen, wenn du eigentlich keine Lust darauf hast und dich lieber mit anderen Frauen treffen würdest.

Das habe ich schon, bevor ich zu dir gekommen bin, sage ich.

Im ersten Augenblick fühlt es sich gut an, das loszuwerden. Dann tut es mir aber plötzlich sehr leid, ihr das gesagt zu haben. Und ich spüre Verärgerung in mir aufsteigen, dass ich Nerven gezeigt habe.

Ich wusste es, sagt Lex, aber es klingt nicht befriedigt, sie triumphiert nicht. Ich hab' ganz genau gemerkt, wie du dich sträubst. Du Arschloch fickst mit irgendeiner ahnungslosen Schlampe und kommst danach zu mir und lässt dich auch von mir bedienen.

Ich sage nichts, mir fällt nichts ein, womit ich die Situation greifen könnte, nichts Beruhigendes, nichts Erklärendes oder Entschuldigendes, es gibt einfach nichts.

Du gehst jetzt besser.

Was in Lex gerade vor sich geht, kann ich nicht erfassen. Ich will meine eigene Stimme nicht hören, deshalb sage ich nichts mehr. Jedes Gefühl von Kontrolle ist mir komplett abhandengekommen.

Manchmal geht man auseinander und alles liegt in den sprichwörtlichen Scherben. Nichts lässt sich dann wiederherstellen. Es gab ein Davor, und nun gibt es das Danach, und alles, was davor war, fühlt sich an, als hätte es nur stattgefunden, um an seinem Fuß in sich zusammenzustürzen. Das ist eine entsetzliche Erkenntnis, als deute man nachträglich alles um, als hätte es auf diesen einen Punkt hinauslaufen müssen, weil kein anderer Schluss jemals möglich war. Und derjenige zu sein, der diesen Schlamassel angerichtet hat, schützt einen auch nicht davor, traurig darüber zu sein.

Ich denke an Lex, während ich mir einen runterhole, und nachdem der Höhepunkt erreicht ist und die Aufregung binnen Sekunden wieder verpufft, schließe ich die Augen und konzentriere mich auf meine hastige Atmung. Ich stelle mir vor, wie ich mich von Lex löse, mich neben sie lege, das Gesicht an ihrer Schulter oder ihren Rippen, schweigend. Jeden Augenblick würde ich etwas sagen und ein Thema wieder aufgreifen, um diese Stille zu durchbrechen.

Um Lex geht es nicht, wenn ich ein Bedauern spüre, nachdem es aus ist. Es geht nicht um die Art, wie sie spricht oder ihr Lächeln oder welche Geschichten sie zu erzählen hat, als entgehe mir gerade etwas, als hätte ich eine große Chance liegengelassen. Mir fallen Dutzende Dinge ein, Weisen und Gewohnheiten, die mich an ihr stören, alles Schranken, die ihre Entfaltungsmöglichkeiten massiv eingrenzen und meine eigenen charakterlichen Beeinträchtigungen widerspiegeln – gemeinsam erweitern wir nichts, wir parzellieren es lediglich und konzentrieren alles auf eine winzige Auswahl fein säuberlich getrennter Harmonien. Nichts entwickelt sich so und soll es auch gar nicht.

Es geht alles darum, was ich in sie hineininterpretiere. Die Fülle, die Potenziale, mir an und mit ihr Eindrücke zu verschaffen, Eindrücke von ihr und von mir selbst. Es muss nichtmal stimmen, kann bloß eine Illusion sein. Wie ein Gemälde, das rein technisch bloß viele kleine Tupfer Farbe ist, teilweise sogar sehr gegensätzliche Farben, die in der Anordnung jedoch etwas Komplettes ergeben. Ich habe Bilder von dunklen Straßen und von Lichtern vor Augen, das Gefühl, mich in etwas hineinzustürzen, mich darin zu bewegen und zurechtzufinden. Mein Drang nach diesen Eindrücken ist oberflächlich und kurzlebig, mein Handeln rücksichtslos und verschwenderisch. Ich habe Durst danach, Hunger darauf, Lust, Sehnsucht, Wünsche, unmittelbare, egoistische Bedürfnisse. Aber es hilft alles nichts, das zu wissen, das alleine genügt nicht, um mich zu stoppen – es fühlt sich einfach zu gut an, diesem Drang nachzugeben.

In meinem Kopf ist eine Karte der Stadt abgespeichert, und die Straßen und Gebiete sind mit Assoziationen bemalt, Ecken, an denen ich mich als Kind herumgetrieben habe, an denen ich als Jugendlicher unglücklich war, wo ich Freunde hatte und Arbeit. Denke ich an diese Stellen, kommen mir Erinnerungen, und halte ich mich an diesen Orten auf, kann es passieren, dass ich mich zurückversetzt fühle in eine andere Zeit. Manche Erinnerungen sind schmerzhaft, andere fühlen sich gut an, und manchmal liegen die Erlebnisse so weit zurück, dass ihre Farbe stark verblichen ist und ihr Anblick nichts mehr in mir verursacht. Es gibt Stellen, die für mich früher eine andere Bedeutung hatten und die überdeckt wurden mit Erinnerungen an Frauen, kleine Flächen, nur ein paar Straßenzüge, und dann wiederum gibt es Farben, die über die gesamte Karte verteilt sind, zusammenhangslose, aber unübersehbare Kleckse, an denen kein Vorbeikommen ist. Sie rufen Gefühle von Hoffnung in mir hervor, Wehmut, Unsicherheit. Sie sind zu kräftig, um ihnen dabei zuzuschauen, wie sie blass werden und ihre Strahlkraft verlieren, es würde viel zu lange dauern, und noch weniger kann ich sie auskratzen, es würde alles kaputtmachen. Wenn ich mich ihrer entledigen will, dann muss ich mich entweder auf die Stellen konzentrieren, die noch völlig weiß sind, also meinen Fokus verschieben, oder ich übermale sie mit anderen Farben. Auch ein Gemälde hat nicht selten mehrere Schichten übereinander, Versuche, die unbefriedigend für den Künstler waren und die er verändert und besser zu machen versucht hat.

Der Anfang ist am schönsten, aber er wäre es nicht, wenn man von der ersten Sekunde an ausschließlich auf das Ende hinarbeiten würde. Wie ein Spieler, der ahnt, wie gering seine Siegchancen sind, aber dass er mit seinem Einsatz nichts gewinnt, weiß er erst im allerletzten Augenblick, und bis zu dieser Enttäuschung ist es aufregend. Und weil er ein Spieler ist, hält er sich mit einer Niederlage auch gar nicht lange auf, sondern prüft bereits seine nächsten Möglichkeiten.

Silvester vor vierzehn Monaten habe ich so in Erinnerung: Ich kehrte gegen dreiundzwanzig Uhr von meinen Eltern nach Hause zurück und schaute mir aus meiner dunklen Wohnung im vierten Stock das Feuerwerk über Harburg an. Es war kalt in diesem Winter, aber feucht, und bereits kurz nach Mitternacht konnte ich vor lauter Rauch und Nebel nicht mehr die andere Straßenseite sehen. Bald darauf legte ich mich schlafen. Ich hatte das Angebot meiner Eltern, noch bei ihnen zu bleiben, ausgeschlagen, und ich wollte auch nicht mit Freunden feiern. Das war keine zwei Monate nach Christina.

Das letzte Silvester hielt ich bis zum frühen Abend durch, ehe ich anfing, doch noch meine Freunde abzutelefonieren. Um kurz vor dreiundzwanzig Uhr saßen wir zu sechst in einem Café in der Schanze, das demnächst schließen sollte. Ich hatte zwei meiner Freundeskreise zusammengebracht, die nicht zusammen passten. Man kannte und respektierte einander, aber mit mir als verbindendem Element kam nicht die rechte Stimmung auf, zumal ich an dem Abend viel trank und schnell an den Punkt kam, an dem es einen nicht mehr schert, ob man laut und aufdringlich ist. Nachdem man uns rauswarf, streiften wir durch das Viertel, aber kein Lokal hatte noch auf.

Jemand brachte den Vorschlag, an die Alster zu fahren und sich das Feuerwerk anzuschauen. Weil einer von uns keinen Platz in dem Auto gehabt hätte, nahmen mein Bruder und ich die S-Bahn. Uns fiel zu spät auf, dass wir in die falsche Richtung fuhren. Auszusteigen und auf die nächste Bahn in die Innenstadt zu warten, hätte bedeutet, dass wir es nicht mehr rechtzeitig zum Jahreswechsel schaffen würden, also stiegen wir in Altona aus und beeilten uns, zum

"Balkon" zu kommen. Ich war vorher noch nie dort gewesen an Silvester und mir hatte auch noch nie jemand davon erzählt, dass es dann ein beliebter Treffpunkt ist.

Auf der Suche nach etwas zu Essen liefen wir hinterher die Große Bergstraße hinunter und fanden uns an der Königstraße wieder, die Reeperbahn bereits im Blick. Ich achtete nicht auf beide Fahrtrichtungen, als ich über die leere Straße rannte, und bemerkte das Auto erst, als es meinetwegen hupend abbremste. Die Fahrerin muss in weiser Voraussicht bereits mit solchen Situationen gerechnet haben, denn mein Bruder, der die Szene mitansah, schilderte mir später, die Frau sei absichtlich langsamer gefahren. Ich entschuldigte mich kleinlaut, und die Scham, die ich empfand, drang sogar durch die drei Liter Bier, die ich in dieser Nacht getrunken hatte.

Ungefähr in der Mitte zwischen Silvester und meiner Begegnung mit Kathi sprach mich eine junge Frau auf einem Fahrrad an. Sie hatte etwas Hippiemäßiges, sie trug eine Pluderhose und keinen BH unter ihrem Shirt, das sie vorne so verknotet hatte, dass ihr Bauch frei war. Kann ich mal dein Handy benutzen, fragte sie lächelnd. Ich entsperrte mein Display und gab ihr das Gerät in die Hand. Sie öffnete einen Browser und suchte nach einer Adresse, aber der Empfang war schlecht und die Seite hängte sich mehrfach auf. Was suchst du denn, fragte ich. Sie erklärte, sie wolle das Leihrad wieder abgeben, aber wisse nicht, wo sie die nächste Station finden könne. Ich sagte, das sei leicht, da ich mich in der Gegend auskannte, und wies' ihr den Weg die Straße hinauf, die sie lediglich ein paar hundert Meter folgen müsse. Nachdem sie wieder weg war, ärgerte ich mich, sie nicht nach ihrer Nummer gefragt zu haben.

Kathi lerne ich kennen, als wir einen kleinen Vogel retten, der sich in den Automatenraum einer Bank verirrt hat.